講談社文庫

コーチ！

はげまし屋・立花ことりのクライアントファイル

青木祐子

講談社

CONTENTS

コーチ!

はげまし屋・立花ことりのクライアントファイル

コンビニから帰ってきたら、葉書が届いていることに気づいた。

湖の上に細長い船が漂っている、やや黄ばんだ絵葉書である。差出人には高梨《たかなし》とある。見慣れない切手と消印。差出人の住所はないがインドの景色らしい。

立花《たちばな》ことりは家具調こたつの上にコンビニのビニール袋を置き、忘れかけていた男の名前を読む。高梨くん。丸っこい文字は確かに彼のものだ。

インド……。

仕事を辞めて旅に出ると言っていたのは本当だったのか。てっきりいつものはったりだと思っていた。

葉書をよこすというのがあの男らしいとことりは思った。ことりの携帯電話番号は変わっていないし、当時のメールアドレスも生きているのだから連絡をしたければそっちにしてくれればいいのに。おそらく高梨は、異国から葉書を出すという行為そのものをやってみたかったのだろう。

今どき自分探しもないだろうと思うのだが、高梨は無邪気にバックパッカーである自分を誇っている。大学にいたとき、それって単に就活したくないだけじゃないのと言ったらムッとしていたものだが、下準備もなしに行けるものではない。ちゃんと夢を叶《かな》えたのだからたいしたものである。

そして葉書を出すということは、高梨の側は、ことりの住所が変わっていないと思っているということでもある。

ことりは八年住んだ学生向けコーポの一室を眺めた。オートロックでもない三階建てで、隣の部屋の音が筒抜けになるような安普《やすぶ》請《しん》だが、駅に近くて日当たりがいいので気に入っている。家具調こたつの上にはパソコン、周りには本とクッションと食べかけの煎餅《せんべい》の袋が転がっている。

駅に近い——というのは、どこかに通う前提があってのことだ。

そういえば前の会社を辞めてから誰とも喋《しゃべ》っていない。

いけないのは無職であることよりも、焦《あせ》る気持ちがないこと、自分に目指すものがないということだ。

ことりはこの数年で何回目かの同じことを思う。

ことりは器用でだいたいのことは難なくこなせる。採用にならなかったアルバイトはないし、人間関係で悩んだこともない。頼まれて中堅どころの出版社の中途入社用提出レポートを書いたのは最近だが、好評だったようだ。自分が受ければよかったかなと思わないでもない。

二十五歳の女性であるならば、おそらくどこかで何かあるのだろうと思って待っているのだが、一向に転機とやらがやってこない。このまま永遠にこのコーポに暮らしているのではないかと思うくらいである。

でも大丈夫だ。——たぶん。なんとかなる。

ただ、どうしたらいいのかわからないだけで。

ことりは自分の感情に目をつぶり、葉書の代わりにスマホを見る。スマホに尋《たず》ねれば自分はどうしたらいいのか答えてくれるような気がしている。このところ、ずっと。

No.1

いいね探しのポリアンナちゃん

「――ですから、頑張りましょう?」

ことりはインカムのマイクに向かい、何度目かの同じ言葉を言っている。

頑張りましょうは最後の言葉。言ってはいけない。そうわかってはいるのだが、キキに対してはいいかげん言うべき言葉がない。

『でも、どうしてもうまくいかないんです。今日だって結局、きれいに暮らせたのは十時からの二時間だけです。子どもが起きると部屋は散らかってしまうし、料理をしても邪魔されるし』

「そうなんですか」

『やっと食べさせて、トイレをしている間にもうひとりが泣き出す、振り返るとさっき片付けたおもちゃが外に出ている、片付けている間にもうひとりがトイレに行きたいと言う。やっと寝たから洗い物して、猫にごはんをあげて、洗濯物を入れてアイロンをかけている間に夫が帰ってきて、食事は? って聞くんです。それから慌《あわ》てて作り始めるんですけど、その間、ずっと散らかりっぱなしで』

「なるほど」

ことりはデスクの上にある黒猫のぬいぐるみを見つめ、あいづちにもならない合いの手を入れた。

こうなるとキキは何を言っても聞かない。ひとりでずっと喋り続ける。

双子《ふたご》の幼児がいるんだから散らかるのは当たり前なのではないか。夫に惣菜《そうざい》かなんかを買ってきてもらって、アイロンなんてかけないで、いっそだらけてしまえばいいのではないか、と言いたくなるが、それはことりの仕事ではない。

そもそも独身のことりは子育ての大変さなど知らないし、アドバイスもできない。カウンセリングならば聞くだけ聞いてやればいいのだが、コーチはとにかく相手を励まさなくてはならない。

キキの達成したい目標はただひとつ、「きちんとした暮らし」だ。

「ふー……」

やっとのことでキキの電話セッション——愚痴《ぐち》を聞くだけとも言う——を終わらせ、ことりは電話を切った。

時計を見ると十五時半。キキの一回のセッションは三十分である。普段ならきっちりと守るのだが、今日は十分過ぎている。

ぬいぐるみを引き出しにしまっていると、向かいにいる仁政《じんせい》が気の抜けた様子で声をかけてきた。

「大変だねえ」

ことりははっとした。仁政は美声である。近くで聞くと聞き惚《ほ》れてしまうような低くてよく響く声で、それを本人も自覚している。クライアントによって声を使い分けているようだ。

仁政が今日着ているのは量販店のデニムとよれよれのパーカ。コンビニでアルバイトをしている大学生のようだが、声を聞くと、パリッとしたスーツを着た、デキる三十男を想像してしまう。毎日顔をつきあわせていることりでさえそうなのである。きっと楠木《くすのき》所長は仁政を声で選んだのに違いない。

ことりも面接に来たときに言われたのだ。きみは声がいいからねと。仕事に声が関係あるのかと思ったが、仁政の声を聞いていると理解できる。月に何回も話すなら美声のほうがいいに決まっている。

といってもコーチに女性を指名してくるクライアントもいる。キキもそのうちのひとりである。ことりはそのために雇われることになったのだ。

「はい。キキさん、今日はちょっとナーバスになってて。時間オーバーしたんで、上乗せしてもいいでしょうか」

「いいんじゃない。通話記録書いておいて。さっき新しい仕事入ったんだけど、ことりちゃん頼めるかな」

仁政はデスクのパソコンを眺《なが》めながら答え、仕事を振ってきた。

「どんな人ですか」

「二十四歳、派遣社員。転職したいんだって」

「時村《ときむら》さんはやらないんですか？」

「若い女子は俺には不向き。惚れられちゃうから。ことりちゃん、ひきこもりの子を大学合格させたし、こういうのは得意でしょ」

「ひきこもりじゃないですよ。浪人生。予備校に行きたくなくて家で勉強していただけです」

ことりは訂正した。

ことりが初めて持ったクライアントは、美術系の大学への入学を希望している十八歳の女性だった。

ことりには美術のことなどまるでわからないので、大学受験用の赤本やあちこちのサイトを見て勉強した。受験生のふりをして美術予備校の見学までした。私なんて無理というクライアントと毎日LINEのやりとりをし、なだめたりすかしたりして予備校に通わせ、ノルマを決めて絵を描かせて、合格させたのである。

励まし期間は約一年、無事大学生になり、学校になじんだところまで続行した。終了時には両親からていねいな手紙と菓子折が届き、一回会ってお礼を言いたいと言われたが断った。

当事務所の励ましは電話が基本。LINEやZoomは使うが、直接会うことはない。それがルールである。

ことりは自分のノートパソコンを立ち上げて、おなじみのサイトにアクセスする。

「はげまし屋」

楠木はげまし事務所――あなたの人生、励まします！――

キャッチコピーのすぐ下には、おだやかに微笑《ほほえ》んだバストアップの写真が三つ並んでいる。

楠木海人《かいと》――所長。医師、臨床心理士、産業カウンセラー上級資格保持。二児の父親として子育てに奮闘中。毛は薄いが心は熱い、世の中を明るく照らしたい四十六歳。まずはご相談を！
時村仁政――三十四歳。株式会社電光、七つ丸商事マーケティング研究室に勤務ののち、フリーのコーチに。趣味はバイクと旅行。愛車はCB750Fとフォルツァ。独身。コーチ歴六年。起業相談、ビジネスの悩みならお任せを。
立花ことり――二十七歳。コーチ歴一年半。新米ですが、心をこめて指導します。深夜のご相談、メッセージアプリでのやりとり可。一緒に目標を叶えましょう！

写真のことりはベビーピンクのスーツを着て笑っている。修整を加えてあるので美人で、どこもかしこもつやつやしていて、賢《かしこ》そうだ。スーツは楠木所長が入所祝いに贈ってくれたものだが、着たのは後にも先にも写真を撮ったときだけである。

会わないのだから写真はなくてもいいと思うのだが、指導してくれる人の顔がわからないと不安でしょ、というのが楠木の主張で、事務所の方針でもある。

コーチは上司じゃないの。クライアントと一緒に悩んで育つ仲間なの。仲間になるにはまず、自分がどんな人間だか知ってもらわなきゃならないでしょ。

それなら相手の顔や氏素性《うじすじょう》も明らかにしたらどうかと思うのだが、そちらはあやふやのままだ。客の個人情報は自己申告であり、確認をとるわけではないので、本当かどうかもわからない。やりとりするときはクライアントネームでいいことになっている。

楠木は妙なこだわりがあるかわりに、肝心《かんじん》な部分はいいかげんである。それはことりを雇ったことでわかる。

事務員を含めてもたった四人、おんぼろビルの一室でやっているような事務所に客がいるのかと最初はいぶかしんだが、いいかげんだからこそ頼む人がいるということを仕事を始めてから知った。田園調布の一軒家に暮らす裕福な主婦が、「きちんとした暮らしをしたい」などという目標を達成するために励ましてもらうのは、自分よりも格下の相手、電話口にいるだけの幻でなくてはならない。

つまり、わたしは幻。クライアントに霞《かすみ》を食べさせるためにこの事務所にいる。頑張れ頑張れ、あなたならできる、という言葉の霞を。

そしてその霞を食べて、人生を変える人がいるのもまた事実。

「女性派遣社員のデータ送ってください。名前は？」

「ポリアンナちゃん。わりとネガティブ。よかった探ししてあげて」

サイトとメールの管理は事務員の羽菜子《はなこ》が行っているのだが、仁政は暇なので事務所あてのメールのチェックをしていたらしい。羽菜子は今日は子どもが熱を出したとかで早退している。

ことりはのど飴《あめ》をなめながら、仁政が送ってきたクライアントのデータを見る。

名前はポリアンナこと益田《ますだ》安奈《あんな》。二十四歳。大手の派遣会社に登録して、受付の仕事をしているが、最近仕事が楽しくない。正社員として大きい会社に勤めたほうがいいような気がする。大学を卒業するときに、もっとちゃんと考えればよかった。このままでは夢も希望もありません。どうしようという気持ちでいっぱいです。どうしたらいいんでしょう。

二十四歳、派遣社員。混乱中。

こういうクライアントは珍しくない。変化を望んでいるが具体的な目標が定まっておらず、従って何をしたらいいかわからず、焦りだけがあるタイプである。

ことりはデスクの引き出しを開けた。数秒迷ってパンダのぬいぐるみを選び出し、デスクの視線の位置に置く。データをスマホに転送し、ポリアンナにメールを書く。

まず一回電話、それで納得したら専属コーチの契約をして、仕事が始まるのはそれからである。

転職か……。

二年前——自分がくじけずに転職活動していれば、あるいは大学のときに本腰を入れて就職活動をしていれば。あのときに励ましてくれる人がひとりでもいれば、今ここで、この仕事をしていることもなかったんだろうか。

就活失敗というほどの経験もなく、流されるままに生きてきた自分が転職のコーチになるというのもうしろめたいものである。ポリアンナと話すときは、自分の経験は隠し通さねばならない。

わたしは人の力になりたかったんです。自分の言葉で人を変えたかった。もともとは出版業界で仕事をしていましたが、もっとダイレクトに、ひとりひとりに言葉を届けたいと思っていた矢先に、楠木所長と出会いました。

ことりはこれまでに何回も繰り返してきた自分の経歴を心の中で繰り返す。コーチに自己開示は必須《ひっす》だ。嘘《うそ》をついてはいけないが、嘘をつかずにそれらしいことを言うことはできる。

楠木が言っていたことは本当だった。客はことりにどうしてコーチなどという仕事をしているのか聞きたがる。自分のことばかり話していると、自分も相手に質問したくなるのかもしれない。何回も話してきたから、自分でもこの仕事が求めてきた天職だと思うくらいである。

実際は成り行きだった。コーチという仕事が何なのかすら知らなかったわけだが、そんなことはクライアントには言ってはならない。

わたしは手っ取り早い答えを教える人ではありません。一緒に悩み、問いかけ、励ます人です。努力するのはあなたです。

未来は勝ち取るもの。悩みの答えは自分の中にある。今の場所がスタート地点。適切な目標へ向かって正しい行動をすれば、誰でもゴールへ向かうことができる。

ことりは目を細め、二年前——あなたならできる、という言葉につられて、この事務所を訪れたときのことを思い出す。

＊　　＊

「だからぶっちゃけ、やる気スイッチを押してやる仕事ですね」

事務所の奥にある所長室で、楠木海人はもったいぶった口調で言った。

二年前の春、ことりがすがる思いで事務所を訪れたときのことである。

楠木はげまし事務所　女性コーチ募集。

あなたは言葉を信じていますか？

信じているのなら、できます。

サイトに載っていたのはそれだけだった。今思うと、なぜこんな文句に揺すぶられたのかわからない。もしかしたら励ましてもらいたかったのかもしれない。

ことりはそれまで勤めていた編集プロダクションの契約社員を辞めたところだった。周囲には出版業界で働きながら大手出版社への就職を目指している——ということにしていたのだが、自分にそれほどの情熱がないということにはうすうす気づいていた。

生活のためには働かねばならないが、誰かに使われて働くのは性に合わない。出世欲も野心もない。趣味もない。恋愛や結婚への興味もない。これは妙齢の女性としては詰みではないかなどと思いながらサイトをさまよっていたら、楠木はげまし事務所のページを見つけたのだ。

北向きのビルの一室、事務所の奥まった所長室で、ことりは楠木所長と対面した。黒のリクルートスーツは二十五歳の身には似合わなかったが、それ以外にスーツを持っていないので仕方がない。

「お客さんはやる気のない人たち、ということですか？」

ことりが尋ねると、楠木は見せつけるように長い足を組んだ。

「やりたいことがあって、やる気に満ちた人ばかりですよ。さもなきゃ専属コーチをつけようとは思わないでしょう。ただ面倒くさいんですよ。フルマラソンを走りきりたいけど、トレーニングをするずくがない」

「ずく？」

「方言です。そこにある横に置いてあるものを、縦に置き直すパワーのことです」

楠木はもったいぶったしぐさで、テーブルの上に置いてあった、黒光りするティッシュケースを縦に置き直した。

「やる気があるのに面倒くさくてできない人を、ずくなし、といいます」

「なるほど……」

「そんなときに電話をして、トレーニングの時間ですよ、と言ってあげるのです。あるいは毎日、メールで今日の走った距離を報告してもらうのでもいい。声をかける、報告する、ということをなめちゃいけません。ダイエットだったら体重、受験勉強だったら今日すすんだページ数。禁酒、禁煙、会社に行くのが辛《つら》いので、朝に頑張れという電話をくださいと言う人もいる。家族や恋人だったら甘えや反発が出ますが、他人の言うことなら聞かなければと思う。それだけで毎日続けられるのです」

「朝に頑張れと電話をかけてもらう。そのためにお金を払う人がいるんですか？」

「そうです。コーチ契約のオプションで、平日の朝一回、三分以内なら月一万円です。安いでしょう」

楠木は胸を張った。

それはただのモーニングコールではという気持ちをこらえ、ことりはうなずいた。編集プロダクションでライターをしてきたことりには、何を言われてもとりあえずうなずく癖《くせ》がついている。

楠木はげまし事務所があるのはマンションを兼ねたペンシルビルの一室である。銀座と有楽町の駅が近くて便利がいいが、線路のそばなので電車が通るたびにかすかに床が揺れる。

雑然としているのかと思いきや、所長室はきちんと片付いていた。デスクとソファーは黒、おそらくイタリアかどこかのデザイナーのものだろう。テーブルの上には薔《ば》薇《ら》の生花が飾られている。楠木所長自身も、黒のスーツに身を包んだ、渋谷あたりのガラス張りのオフィスにいそうな中年男である。

所長室に入る前に通ってきた事務所は狭かった。デスクは四つ。壁際の本棚に本がびっしりと並んでいる以外は、物の少ないオフィスである。はげまし屋などという得《え》体《たい》の知れない仕事で、どうやって経営を成り立たせているのか想像もつかない。

「事務所の人数は、全部で何人なんですか？」

聞いてから、そういえばサイトに顔写真があったということを思い出した。

「コーチはぼくと時村仁政くんのふたり。仁政くんはいい男ですよ。あと事務の羽菜子さん。才能はあると思うんだけど、コーチはやりたくないっていうんだよね。朝とか夜とかに電話しなきゃならないからって。滑舌《かつぜつ》もちょっと悪いしね。この仕事してるとね、声は大事なんですよ。お客さんにとってはただひとつの生身の情報だから。女性だとね、低すぎるのは聞き取りにくいけど、キンキンするのは嫌でしょ。うちは電話が中心で、直接クライアントと会うことはないから、外見の代わりに声で判断されるわけですよ。立花さん、好きな声優さんいる？　立花さんの声、水樹奈々《みずきなな》にちょっと似てるよね。悪くないですね」

「ありがとうございます。こちらは顧客と会わず、顔も知らずに話すということですか？」

「そういう方針だったんだけど、最近はＳｋｙｐｅとかＺｏｏｍで話したいって人も増えています。ダイエットと筋トレの人は、体見せて自慢したいからね。こっちの情報を知りたがるお客さんもいるし。人を知るときの入り口としてルックスを重視する人って多いの。顔を知らないほうが腹を割って話せると思うんだけど。立花さんは視覚情報と言葉の情報、どっちが優位なタイプですか？」

「言葉――だと思います。もちろんどちらも大事ですが」

「そうだと思ったんだよね。立花さんて文章がいいんですよね。簡潔にしてポジティブで、わかりやすい」

楠木所長は嬉《うれ》しそうに持っているタブレットをタップした。おそらくそこにはことりの電子履歴書に添えて出した、四百字の志望動機データがある。

「ありがとうございます」

文章がいいのは出版業界にいたからである。昔から文章を書くのだけは好きだった。

ことりの胸がちくりと痛む。

「ツールはお客さんによるんですよ。送るの面倒だから、SNS見て返事欲しいって人もいるし。最近は電話が嫌いで、メールとかLINEだけっていう人も多いからさ、そうなると業務時間外にも連絡が来ることになるんですけど、そういうのはダメですかね。公私混同はしないタイプですか？」

「公私混同はしませんが、仕事としてならやります。プライベートの時間に長い返事を書いたりしなきゃならないものなんでしょうか」

「それはないです。長ければ励ましの効果があるってもんでもないんだよね。よく頑張ったねって言うだけでいいってパターンのほうが多い」

「よく頑張ったね——相手を褒《ほ》めてあげるんですね」

「褒めてあげる、って言い方はよくないな。上司とか先生じゃないから。成功を一緒に喜ぶっていうほうが近い。同じチームの仲間がうまくいったらこっちも嬉しいもんでしょ。

たとえばクライアントが減量中で、今週までに二キロ減らすのを目標としていたとする。でも一キロしか減ってなかった。こういうときに立花さんならどうしますか？」

　ことりは少し考えた。

「減っていたなら頑張ったと伝えると思います。でもダイエットって個人差があるし、簡単にいい悪いって言えないんじゃないでしょうか。やりすぎても反動がありそうだし。どうして目標を達成できなかったのか、体調はどうか、そのあたりを聞いて、褒めるべきところは褒め——じゃなくて、一緒に喜ぶ、ダメだったところは計画を立て直す。そういう感じでどうでしょうか」

楠木は満足そうにうなずいた。

「立花さん、今、聞くって言ったよね。それを言ってほしかったの。褒めるだけでも叱《しか》るだけでもダメなの。うまいこと相手の懐《ふところ》にもぐりこんで、相手に話させる。聞き出すんですよ。そこが第一歩。答えは自分の中にある。スタート地点はいつだって今このとき。三日坊主だっていいの。三日坊主を何回もやればいいの」

蛍光灯の光に照らされて、楠木の広めの額がきらりと光る。

うまいこと相手の懐にもぐりこむ。それを仲間と言っていいのかとちらりと思ったが、気づかなかったことにする。楠木のテンションに巻き込まれないようにしなければならない。

「時間外のやりとりはできます。こちらにも生活があるので、常に即レスってわけにはいかないと思いますが、それでよろしければ。あ――通信費は支給されるんですよね？」

ことりは思いついて付け加えた。

そろそろ貯金が尽きそうなのである。さもなければ得体の知れない求人に飛びついたりしない。仕事で使うスマホ代を自費で払わせることはあるまいとは思うが、事務所の形態からしてわからない。

「もちろん。スマホは事務所のを渡しますよ。最新のiPhoneとAndroidの両方ね。LINE、メッセージ、カカオトーク、WhatsAppにTwitter、Facebook、Instagram、mixi、Amebaも入ったやつ。SNSは全部やってね。ゲームはしちゃダメ。まあぼくはしてるけど。ときどき羽菜子さんとメガモン討伐するんですよね。立花さん、ドラクエウォークと星のドラゴンクエストどっちが好き？」

「すみません、面白そうですが両方していないのでわからないです。業務時間外にメールがあるというと、何時ごろになるんでしょうか」

「契約次第です。一日三回まで、自由に向こうからメールを出していい契約にしたとして、まあよくあるのは平日なら朝六時から夜十二時までとかね。あとは人間関係次第で、たとえばこの日だけは早朝に電話ほしいとか」

「それなら大丈夫です」

やっぱりモーニングコールかよ。内心の声を押し隠し、ことりはうなずいた。

「じゃ行きましょうかね」

ことりがうなずくのを確認し、楠木は目の前のコーヒーをずずずと飲み干した。

「買い物。そのスーツじゃちょっとね。立花さん、きっとピンクが似合いますよ。そのあとで美容院行って写真ね。ぼくはあれだから、羽菜子さんに一緒に行ってもらうから。羽菜子さんね、こういうセンスすごいあるんだよね。この際なんでも買ってもらえばいいよ」

「ええと……ということは、採用？　確か、適性検査があると伺《うかが》ったように思いますけど」

「今のが適性検査ですよ、立花さん」

楠木はもう立ち上がっている。会ったときから感じていたが、せっかちな性格らしい。

「あいづち、繰り返し、適度な質問を経て相手をリラックスさせて、要点と問題点を明らかにしていくこと。冷静だし、嘘をつかない、何に対しても敬意を失わない。そういうの、けっこう見破られるんですよね。あなたはコーチに向いていると思うな」

「あ——ありがとうございます」

「まあ、いちばんの採用の理由は、声が水樹奈々に似ているからだけど」

楠木は満面の笑みで言い、所長室のドアを開け放った。

オフィスでは、黒いパーカを着た男性がデスクの前に座っている。分厚い手帳を開いたまま、ひとりで何かを喋っている——と思ったら、インカムをつけているらしい。電話中なのだ。この男がもうひとりのコーチか。

　ことりが楠木のうしろを歩いていくと、時村仁政は喋りながら軽く手をあげた。

＊　＊

『――もしもし、益田安奈さんですか？　わたし、楠木はげまし事務所の立花ことりと申します』

　最初の電話がかかってきたのは、安奈がひとりで夕食のおにぎりを食べているときだった。

　びっくりしてスマホの通話ボタンを押し、声が聞こえてきてからとらなければよかったと思ったが遅かった。

「――はい。益田ですけど……はげまし？」

　心臓がどきどきして、うまく声が出なかった。益田という名前が他人のもののように思える。

『楠木はげまし事務所です。益田さん――よろしければ、クライアントネームのポリアンナさんとお呼びしますね。今日の八時以降でしたらお電話しても大丈夫とあったのですが、お忙しいですか？　ご気分が乗らないのであればお掛け直しいたしますが』

「いえ……大丈夫です。——たぶん」

安奈は左手にスマホ、右手に食べかけのおにぎりを持ったまま、ぼんやりと答えた。

スマホとは電話だったのだ。最近は仕事の連絡でさえＬＩＮＥでやっていたので忘れていた。

安奈はおにぎりを置いてスマホを握り直し、電話相手の記憶を掘り起こす。

……そういえば、三日前にネットで変なサイトを見つけて、申し込んだっけ……。

目についたのは、あなたの人生、励まします！　という宣伝文句だった。いかにも怪しいが、暇だったので書いてあることを全部読んでしまった。

やりたいことがあるのに頑張れないあなた、何かになりたいけれど、どうせ無理だと諦《あきら》めているあなた、やりたいこともなりたいものもないけど、今のままじゃいけないと思っているあなた。あなただけのゴールへ向かって、専属コーチをつけてみませんか？

その日は仕事をドタキャンして大学の同窓会へ行ったのだった。仲のいい友達はいないが、突然思い立ったのだ。

社会人になって変わったかと思ったのに、安奈の立ち位置は昔のままだった。同窓生は輝き、安奈はくすんでいた。派遣社員だと言うと同情された。そのことが安奈を打ちのめした。

安奈が現在、勤務しているのは駅ビルのインフォメーションセンターである。一週間に三日、週休四日のシフト。働き始めて一年たつ。

シフトは三人で回している。正社員がひとり、派遣社員がふたりである。

正社員の中西《なかにし》は今日の帰り際に、益田さんはもう辞めてもいいんじゃないのと言った。

受付は常時ふたり必要で、派遣社員のうちどちらかが休みをとれば中西は必ず出勤しなくてはならない。安奈がいなくなれば、週五日の勤務をしてくれるほかの派遣社員を雇える。

自分が週五日勤務に戻しますと言えばいいというのはわかっている。最初はそうだったのだから。どうしても仕事に行けない、行きたくないときが定期的にあって、有給休暇や病欠を使ってずるずると休んでいるうちに、安奈のシフトは最初から週に三日で組まれるようになった。どちらにしろ中西は派遣社員には期待をしていない。

ネットの仕事診断では、益田安奈は自由人だから会社員に向いていない、ひとりでやる仕事、芸術家、クリエイターが向いていると出た。

どうりで大学の就職活動のときに、ことごとく堅い会社を落ちたと思った。そういうことは就職活動するときに言ってほしかった。それなら最初からクリエイターなるものを目指したし、やっと入った会社を合わずに辞めることもなかった。自分に合った仕事を楽しみ、毎日おにぎりばかりを食べることもなく、人生がまるで違っていたことだろう。

──瑠璃子《るりこ》のように。

同僚の、もうひとりの派遣社員を思い出すと胸がうずいた。彼女のように自由に生きられたらどんなにいいか。同窓会に瑠璃子は来ていなかった。

「──あれ、申し込んだわけじゃなくて、ただ問い合わせただけのつもりだったんですけど」

安奈は言った。

達成したい目標はなんですかと書いてあったので、転職したいと書いたような気がする。本当は今すぐ電話口の相手について検索したいが、通話中なのでできない。

『そうでしたか。でしたらご説明しますね。申し込むかどうかはそのあとで決めてくださいね。ポリアンナさんは楠木はげまし事務所の仕事について、何を知りたいですか？』

電話口の声はゆったりとして優しかったが、勧誘のくせにこちらに質問するのかと安奈は不快になる。説明したいなら勝手にすればいいではないか。興味ないんでと言って切ってしまいたい。

「別に、知りたいわけでもないんですけど……」

『では、お問い合わせメールを出したときに、どんなことを考えていましたか？』

瑠璃子だ。瑠璃子のことを考えていた。今だってそうだ。

今日、瑠璃子は仕事中にＳＮＳを更新していた。仕事中はスマホは切っておくのが決まりなのに——そもそも持ち込んではいけないはずなのに、瑠璃子は、父親が入院中でいつ容体《ようだい》が急変するのかわからないと言って、ちゃっかりとスマホを持ち込んでいる。仕事熱心な中西がそれを許しているのが不思議だ。


非正規の人はみんな正規社員になりたがっていると思ったら大間違いなんだよね
#大きなお世話反対　#根っから自由　#会社勤めは性に合わない　#派遣社員最高
#そういう人がいるのは否定しないけど　#ギャラ飲み歓迎

瑠璃子はどうしてあんなにポジティブでいられるのか。非正規社員という立場が怖くないのか、あの自信はどこから来るのか。安奈は不思議で仕方がない。どこかおかしいのではないかと思うくらいだ。

瑠璃子のSNSを読んでいると調子がおかしくなる。自分が正しいのか、間違っているのかわからなくなる。だが読まずにはいられない。

そんなことを、顔も知らないこの女に言えるわけがない。

「ネットで広告を見て、変わった仕事だなーと思って、聞いてみただけです。はげまし事務所——でしたっけ。何をするところなんですか」

『目標へ向かっていくクライアントを励まします』

女はさらりと答えた。

「クライアント?」

『はい。この場合、クライアントはポリアンナさん。コーチはわたし、立花ということになります。ポリアンナさんがわたしを気に入ってくだされば、ですけど。伴走者、アドバイザー、ファシリテーター、という言い方でもいいです。スポーツで、選手のかたわらに立って練習をみているコーチがいるでしょう。ああいった方をイメージしていただければ。

ポリアンナさんの目標は転職ということなので、わたしがポリアンナさんから近況をお聞きして、ふたりで指針《ししん》と計画を立て、実践していくことになります。わたしはポリアンナさんから電話かメールで報告を受け、客観的に見て、よりよい行動をできるように励ましていきます』

「――転職サイトのコーディネーターのようなものですか？」

『いいえ。具体例を調べてお教えすることもありますが、あくまでも決断、実行するのはポリアンナさんです。わたしはお手伝いをします。最初は、どこをどう迷っているのか、ポリアンナさんの本当に欲しいものは何か、明らかにしていくところから始めます』

「本当に欲しいものは何か」

安奈はつぶやいた。

立花は答えなかった。黙っている。安奈はこの女は何者なのかと考える。声からすると若い美人だろうか。そういえばサイトに写真があったと思う。

「――いくらでしたっけ」

安奈が言うと、女はほっとしたようだった。

女も安奈同様、どちらが最初に沈黙を破るのか根比《こんくら》べをしていたというわけだ。

『契約によりますが、最初の一回は一時間で五千円。そのあとはチケット制になります。何回分かのチケットを購入していただき、予約をいただいたらこちらから電話をかけます。オプションはサイトに書いてありますが、わたしは事務所の決まりにとらわれず、クライアントの実情に合わせて臨機応変にやる主義です』

「五千円……」

『迷いますね。当然ですよね。若い女性にとっては安いお値段じゃないですもんね』

女の声が同情めいたものになった。

『よろしければメールを送付します。必要ないということでしたら、そのまま無視してください。気に入っていただけた場合は、最初の面談料を振り込んでください。振り込みを確認したら、あらためて日時を合わせて、こちらから電話をかけることになります』

「長電話するってことですか?」

『そうです。電話、またはZoomやLINEなどでのセッションになります。直接はお会いしません。そのほうがプライベートなことを話しやすいという判断で、そうしています。

こちらはポリアンナさんのお住まいは知りません。契約後の決済はクレジットカードですが、言いたくない個人情報を言う必要はありません。顔を知らず、嫌になったらすぐに着信拒否できる他人のほうが、社交辞令でない本音を言えるということがあるでしょう』

「電話の相手は、あなたですか」

『はい。立花ことりといいます。契約が完了したら、わたしがポリアンナさんのコーチになります。ほかに男性のコーチもいるのですが、彼だと少し料金が高くなってしまいます』

女の声が熱を帯びてきていた。機械的な口調だと思ったが、そうでもないのかもしれない。

「じゃあ……メール送ってください」

メールを見て気がのらなかったら無視すればいい。しつこかったら着信拒否をすればいい。この女は安奈のことを何も知らない。

安奈は電話を切った。

コンビニのおにぎりはすっかり乾いていて、持ち上げるとツナがぽろぽろとテーブルに落ちた。

安奈は残りのおにぎりを食べながら、スマホで楠木はげまし事務所を検索した。

最近は、ひとりで食べるときは何かを検索するのが癖になっている。

はじめてひとり暮らしをしたときは嬉しくて料理に凝《こ》ってみたりしたのだが、そんな時期は一ヵ月もたたずに終わった。派遣社員をやるようになってからの主食は三食がおにぎりである。

最近は服もほとんど買っていないので、お金はある。

栃木県の両親は、東京でひとり暮らしをする娘のために時折、米や野菜を送ってくる。先日送ってきた荷物には、二万円が入った封筒が忍ばせてあった。

両親のことを思うと後ろめたかった。両親は、安奈が東京でそこそこの会社に勤め、ひとり暮らしを楽しみ、そのうち適当に結婚すると思っている。

まさか娘が最初の会社を二ヵ月で辞め、それからは派遣社員をしつつふらふらして、毎日おにぎりを食べながらあちこちを検索しているとは思っていないだろう。

楠木はげまし事務所のサイトを見つけた。おぼろげな記憶の通り、最初のページに紹介コーナーがある。立花ことりはピンク色のスーツを着た女性だ。二十七歳。思っていたよりも若い。

——まあまあの美人だが、瑠璃子には及ばない。

安奈はそのことを確認し、ほっとしてスマホのメールアプリに移動した。

「――ではポリアンナさんにとって、クリエイティブとはどういう意味なのでしょうか？」

ことりは事務所のデスクの前に座り、安奈に質問をしている。

平日の十四時。今日はポリアンナの一回目の電話セッション。事務所の用語でいえば、「本番」である。

最初の電話の感触からして断られるとは思っていなかった――乗り気ではないにしろ一回は話すことになるだろうと思っていたのだが、ポリアンナが平日の昼間の時間を指定してきたのは意外だった。会社員だとセッションは休日か、平日の夜が多い。深夜になる場合もある。

ことりの向かいでは仁政がインカムをつけた姿で話している。だらしなく足を組み、デスクに肘《ひじ》をついた姿はいかにも面倒くさそうだが、声だけはきっぱりとして、それはなんのためにですか？　効果はありましたか？　などと尋ねては相手の答えを待っている。

仁政は予定外の仕事は受け付けない。スマホもほとんど使わない。セッションはできるだけ事務所の回線を使うと決めている。

ことりは電話もメールやLINEもスマホで行う。在社時間が決まっているわけでもないので、話すだけならテレワークでも支障はないのだが、気持ちを切り替えるために昼間はできるだけ事務所に来るようにしている。

ことりのデスクに置いてあるのはスマホ、タブレット、手書き用のノート、ボールペン、パンダのぬいぐるみ、置き時計、ストローのついたミネラルウォーターのペットボトル。電話セッションにおける七つ道具である。スマホからはコードが延びてインカムにつながっている。

デスクの棚には自作のマニュアルと、数日前に買った就活雑誌と大学生向けの就職本。ほかのクライアントのための本——心理学、育児、恋愛、ダイエット、筋力トレーニング、仕事のすすめ方の本などは、すべて壁際の本棚にしまってある。

財布の中、デスクの上、部屋の散らかり具合はその人の現在の頭の中の状態である、というのは楠木所長の持論だ。ひとりのクライアントの話を聞いている間は、ほかのクライアントのことは頭から追い出す。

『だから……何かを作る仕事です。芸術的っていうか』

スマホの向こうはややざわめき、雑談をしているような声が遠く混じっていた。仕事の休憩中なのかもしれない。

「ポリアンナさんは、何かを作る仕事をしたいのですね。何か、というのはなんでしょうか」

『何って言われても……。何かです』

「作品と呼ばれるようなものを？」

『――そうですね。ＣＭとか』

ことりはノートに、ＣＭ、と書きつける。ＣＭを作る仕事。やっと具体的な転職先の希望が出た。

といっても、広告代理店ですか、それとも映像制作会社ですか、とたたみかけるにはまだ早い。強制力のある質問は、相手との信頼を確立してからである。

安奈はことりに心を開いていない。転職したい、派遣社員という立場を脱したいとは思っているが、何を求めているのか自分でもわかっていないようだ。これまでの三十分、ポリアンナはこの事務所はなんなのだ、話を聞いてもらえば就職が決まるなんてあるわけないと疑問ばかりを言っていた。初めてのクライアントにはよくあることだ。

「ポリアンナさんはＣＭが好きなんですね。テレビＣＭですか？」

『そうです』

「どういうところが？」

ことりは注意深く尋ねた。

この最初のセッションで、安奈の興味と自己評価と理想を聞き出した。目標とは関係なく、クライアントについて知るべき最初の知識である。

全体的に満足度は足りない。これといった趣味はないし、お金にもキャリアにも執着はない。人生において大事にしたいのは人間関係と精神性、創造性。安奈は理想主義である。

二十四歳か――と、ことりは切ないような気持ちで考える。誰でもできることではなくて、尊敬される仕事、才能が必要なことをやりたい。そういう気持ちはよくわかる。

かっこよさを求めるのなら、いっそ肩書きと賞賛が好きな見栄《みえ》っ張《ぱ》りだったら楽なのに。あるいは、才能なんかよりも、ひたすら安定していたいタイプであれば。

肩書き、賞賛、安泰、といったようなものはわかりやすいモチベーションである。精神性、創造性などというものよりもやりやすい。

『よくわかりません。どっちみち、今から広告代理店なんて、無理に決まってるし』

広告代理店。ことりはノートに書き付け、クライアントの感情の欄に、無理に決まっている、と加える。

「無理ではないと思います。ポリアンナさんのキャリアにおける転職活動について、次までに調べておきますね。――希望する転職先は、広告代理店。ＣＭを作りたい、という希望があるんですね」

『そうですね』

「では広告代理店へこれから転職するためにはどうしたらいいか。考えてみましょう。ポリアンナさんは、広告、ＣＭという仕事の、どういう点に魅力を感じられるのでしょうか？」

定番の問いかけをすると、安奈は黙った。

じっと待ったが返事がないので、ことりは再度問いかけた。

「では質問を変えますね。ポリアンナさんはいつ、広告代理業という仕事を知りましたか？　ＣＭを作りたいと思ったきっかけはなんだったのでしょう」

『――瑠璃子ちゃんが、入っていたからです』

やがて絞り出すように、安奈は言った。

「瑠璃子ちゃんというのは、お友達ですか？」

『そうです』

「瑠璃子さんは、広告代理店にお勤めされているのですか？」

ことりは尋ねた。

『……同じ派遣社員です。同僚です。わたしとは違いますけど』

「どう違うのですか？」

ことりはこれまでに関わってきたクライアントを思い浮かべ、話のすすめかたを考える。

去年までみていた美術大学志望の浪人生も、最初はすべてに無理だと言った。しかし二ヵ月後には両親にも言えない悩みを——頑張ってダメだったら、才能のなさがわかってしまうので頑張りたくない、という悩みだったわけだが——ことりに打ち明け、努力を重ねて志望大学に合格した。臆病なアナライザータイプ。データを示せば案外素直に納得して努力をする。安奈は彼女に似ている。

本当に無理だと思っているならお金を払ってコーチを雇おうとは思うまい。

『美人だし、才能があって……なんていうか……みんなに好かれています。わたしは何もできないから派遣社員になるしかなかったけど、瑠璃子は、ほかのいろんなことができるのに、あえて派遣社員を選んでいるんです』

「ポリアンナさんは、瑠璃子さんに憧れているのですか？」

『――そうかもしれません』

「憧れの瑠璃子さんはポリアンナさんと同じ派遣社員。広告代理店は退職されたのですか」

『そうです』

「瑠璃子さんは広告代理店を辞め、派遣社員の生活に満足しているようですね。そして瑠璃子さんに憧れているはずなのに、ポリアンナさんはクリエイティブな会社の正規社員として転職したいと思われる。矛盾《むじゅん》していませんか。ポリアンナさんにとっては、どちらが本当の憧れなのでしょう」

安奈は黙った。

黙るというのは悪いことではない。考えているということだからである。安奈は、思いついたことを片端から喋るタイプではない。

『わたしは、瑠璃子じゃないです。憧れていたって、無理なことはあるんです。最近、わかりました』

ことりはノートにルリコと書く。同僚。派遣社員。憧れだが、自分は彼女のようになれない。だが彼女が昔勤めていた業界へ行きたい。

「そう、ポリアンナさんはポリアンナさんですよね。きっかけはどんなことでもいいんです。今、自分がどうしたいかが大事ですから。現在のポリアンナさんの目標は転職、広告業界へ行きたいという希望があるんですね？」

『そう……です。でも、やっぱり無理かも……』

向かいの仁政が手をのばし、デスクにある置き時計をことりへ向けて置き直した。十四時五十分。あと十分しかないのに、何ウダウダやってるんだと言いたいらしい。仁政のほうはもう終わったようだ。仁政は終了とみなせば時間内でも話を切り上げる。

ことりはじっとパンダのぬいぐるみの顔を見つめる。このパンダはクライアント。安奈である。ことりのデスクの引き出しにはいくつかのぬいぐるみや人形がある。

オープンクエスチョン。パワークエスチョン。矛盾の指摘。クライアントが、言われてみればとはっとして、何かに気づき、次までに考えるきっかけになるようなこと。

次までの行動の指針、目標を決めて乗り越えさせるにはまだ早い。今は、安奈が少しでも楽になれるようなことを言いたい。

「ポリアンナさん、最近、いちばん楽しい、幸せだと思ったことはなんですか？」

ことりは尋ねた。

『幸せ……ですか』

安奈は考え込んだ。思わぬ問いかけだったようである。

『なんだろう……。パフェ食べたときかな……。この間、ひとりで、新宿のパフェバーに行って、ストロベリーパフェを食べたんです。あれが、楽しかったってことなんだと思う』

安奈は間を置いたのち、振り絞るようにつぶやいた。

「――お疲れ」

電話を切ると、目の前にコーヒーが置かれた。

置いたのは仁政である。仁政は自分用にもマグカップを持ち、窓際の壁にだらしなく寄りかかっている。

仁政はコーヒーを淹《い》れるのがうまい。事務員の羽菜子の趣味でもあり、事務所のキッチンにはコーヒーや紅茶のセットが一通り揃《そろ》っている。

「ポリアンナちゃん、どうなの」

「自己否定が強いです。理由はわかりません」

ことりは答えた。

今日のセッションに手応《てごた》えはなかった。安奈は何がやりたいのか具体的には思い描いていない。無理だと何回も繰り返した。自信がないのである。そのくせぼんやりとした憧れだけはある。

「自分の感情が整理しきれてないタイプでしょ。いっそ悪口でもなんでも、思うことを全部吐き出させたら？」

「あまり喋らないんですよね。考えちゃうみたいで」

「そういう人は方針が定まったらトントン拍子《びょうし》に行くよ。嘘をついているのでなければ」

「嘘ですか？」

「クライアントは嘘をつく。キャラクターを作ってる人は、返答する前にいったん考える。俺ならそういう人には事実をたたみかけて、一回泣かせるか怒らせるかするね。ケンカしたあとは甘々でいける」

「DVのハネムーン期じゃないんだから」

ことりは呆《あき》れた。仁政はときどき穏やかならぬことを言う。

「わたしはそういうのはしませんよ。愚痴大会になっちゃうし、馬鹿にしてるみたいじゃないですか」

「キキちゃんは愚痴ばっかりって言ってたじゃん」

「キキさんはいいんです。一週間に一回、ワーッと喋りたいだけだから。来年になれば子どもが幼稚園へ行くから、楽になるでしょう。本人もそう言ってたし、ご家族も了承してます。家事育児が大変すぎて死にたくなるけど、次のセッション日まで生きようって思うんだって」

「気を抜かないほうがいいと思うよ。——ポリアンナちゃんって単発だっけ」

「そうです。今日は導入セッションのつもりだったんだけど、次はないかな……」

ことりはポリアンナの個人ファイルに今日の結果を書き込みながら言った。

個人ファイルは手書きである。これも楠木の主義だ。楠木所長はデジタルツールに詳しいわりにはアナログを信奉《しんぽう》している。

ことりはコーヒーにミルクを入れながら、スマホのメールに目を落とす。先週、安奈から届いたものである。まずは一回だけセッションをお願いします。続けるかどうかはそのあとで決めます——と書いてある。

安奈にとっても、今日のセッションはことりのテストだ。派遣社員に安くないお金を払わせて、たいした成果もなくがっかりさせたのなら申し訳ないと思う。

今日の電話セッションはよくなかった。広告代理店に転職してCMを作りたい、しかしCMそのものにはあまり興味がない、ということがわかっただけである。

安奈の軸足は過去にある。自分をこういう人間だと決めてかかっている。そこをなんとかして、今ここから始める、未来の自分は未知であるという意識にさせたかったのだが。

あともうひとつ。安奈には憧れているらしい友人がいる。ルリコ。彼女のことを話すときがいちばん饒舌《じょうぜつ》だった。

「時村さんはもう終わりですか？」

ことりはコーヒーを飲んだ。仁政の淹れたコーヒーは美味《おい》しい。セッションの前は濃いめ、終わったあとは薄めにする。細やかな男なのである。

「そう。今日はさっきのが最後。これ飲んだら帰る。バイクで遠出したいところだけど、不要不急の外出は自粛だから。ことりちゃんは？」

仁政の客はサイトからでなく、口コミでの紹介からきている客ばかりである。やる気たっぷりのビジネスマンが中心だ。単価が高いので、新しいクライアントを得ようとやっきにならなくていいのは羨《うらや》ましい。

「わたしは事務所で話すのはあと三件かな。二件はダイエットと筋トレの人なんで、すぐに終わります。キリンさんからもさっきＬＩＮＥがありましたよ」

「キリンさんか。懐かしいな。痩《や》せた？」

「体重は七キロ、体脂肪率は五ポイント減りました。写真を毎週送ってもらってますけど、引き締まりましたよ。ちょっとだれてきてるんで、ここらで目標を再設定して、何か変化させようと思ってます」

「頑張ってるなあ。ことりちゃんに変更して正解だったね。ダイエットのコーチはなぜか異性のほうがいいんだよね」

「不思議ですよね」

話していたら、スマホにメールが入っているのに気づいた。

立花ことり様

次の励ましですが、来週の同じ時間でお願いできますか？

六回分のチケットで、LINEのオプションつきで申し込みます。

私のLINEのIDを張っておきます。よろしくお願いします。

ポリアンナ　拝

「――コースの契約が来ました！　ポリアンナさんから！」

ことりは思わず叫んだ。

「お、やったじゃん」

「はい。正直、来るとは思いませんでした」

ことりは言った。

セッションが終わってすぐにメールを出したということである。予想外だ。いったいどの話が安奈をその気にさせたのだろう。できるなら次には何かを提案し、次までにこうするという約束をしたい。

ことりは時計に目を走らせ、コーヒーを飲み干した。

「わたし、書店に行ってきます。転職本探しに」

「行ってらっしゃい。帰ってきたら俺いないけど」

仁政はのんびりと答えた。こんなときでも美声なので一瞬聞き惚れる。

二年ほど同じ部屋で仕事をしていることになるが、仁政はわからない男である。コーチとしては優秀だと思うのだが、普段は少し抜けている。かと思えば妙な凄《すご》みがあるときもある。

「ただいま〜。鯛《たい》焼き買ってきたよ、天然のやつ。おやつにしよ」

立ったままポリアンナに返信していたら、事務所のドアが開いて、百貨店の紙袋を持った楠木所長と羽菜子が入ってきた。

楠木所長は黒のスーツ、羽菜子は黒のシースルーのワンピースで、胸に大きな薔薇の花束を抱いている。所長室に活《い》けるものだろう。

羽菜子はモデルのようにスタイルの良《い》い女性で、常におしゃれに手を抜かない。花束以外の荷物を楠木所長に持たせ、ピンヒールを鳴らして事務所に入ってくる。所長と事務員なのだが、羽菜子のほうが偉そうである。


『――わたしは、瑠璃子のようになりたいんです』

電話の向こうで安奈が喋っている。

「瑠璃子さんはポリアンナさんにとって、とても大切な人なんですね。瑠璃子さんのどういうところに憧れるんでしょうか?」

ことりは風呂上がりのジャージ姿で、自宅のテーブルの上に七つ道具を並べ、ポリアンナ役のパンダを見つめながら話している。

今日はポリアンナとの三回目の電話セッションである。この日の夜十時にお願いしますとポリアンナのほうから指定された。風呂の中で話の持って行き方を考えていたらついつい長湯をしてしまい、ドライヤーを半分かけたところで約束の時間になった。

先週――二回目の電話セッションで、ポリアンナはぽつりぽつりと自分のことを話した。

ずっと栃木の公立の学校で過ごし、推薦入学で大学に入ったこと。栃木にいたときは友達がいなかったので、大学で変わりたくて頑張ろうと思ったけどダメだったこと。都内の大手メーカーに就職したがうまくいかずに辞めて、それからは派遣社員をしていること。栃木の両親は帰ってこいと言っているが、帰りたくないこと。

今の職場は駅ビルのインフォメーションセンターの受付である。勤めて一年、これまでいちばん長い。受付の仕事は好きですか？　と聞いたら黙り込んだ。

そして、瑠璃子だ。

瑠璃子は安奈の同僚である。瑠璃色の瑠璃に、子どもの子。美人で、スタイルよくて、みんなにモテモテで、人気者の女性なんです。

瑠璃子とは同じ大学でした。とても素敵な女性で、彼女に憧れて頑張りました。

『――美人なんです。美人で、友達も多くて。わたしがぽつんとしていたら、瑠璃子のほうから声をかけてくれたんです。優しいんですよ。パーフェクトな人って感じ。みんな堂々としているから、派遣社員だからってまわりがバカにすることもないし。みんなが憧れていると思います』
　またかとことりは思う。安奈の瑠璃子の話はいつも同じだ。女性が憧れる女性。
　しかし安奈とは仕事への姿勢が違う。安奈は瑠璃子に憧れるわりには、モテたいとも思っていない。つまり転職を目指す安奈のもプライベートを充実させて楽しもうとも思っていない。
　
「ポリアンナさんは、派遣社員だから、まわりからバカにされていると感じるんですか？」

『そうです。だからどうしても正社員になりたいんです』

「瑠璃子さんは広告代理店にお勤めされていたのですよね。でも今は派遣社員をしている。それでも誰もバカにすることはない。同じ派遣社員をしていても、ポリアンナさんと瑠璃子さんは違うということですね」

『……はい……そうですね』

「もしかしたらポリアンナさんが本当に望んでいるのは転職ではなく、人気者になりたい、バカにされたくないということではないですか？　悪いことではないですよ。人からの尊敬を得たい、肯定されたいと思うのは自然なことですから」

　安奈の悩みは仕事ではない。もっと別のものである。安奈もそれをわかっている。

『誰かに肯定されたい……。そうなのかもしれません』

安奈は転職や創作より、肯定されたい、という言葉に反応した。ことりは安奈には否定の言葉は言わないようにしようと心に決める。相手を否定して叱咤《しった》することでやる気を引き出すのは仁政がよくやる手段だが、ことりには向いていない。

「今の仕事はどうですか？　駅ビルの受付をされているんですよね。受付の仕事で否定されることはないでしょう。今の仕事のどういう点が不満ですか？」

『やっぱり、派遣社員ですから……』

「では、もしも正社員で今の仕事をしていたとしたら、転職は考えなかったですか？」

安奈は少し黙り、ぽつりと答えた。

『接客は嫌いではないんです。でも、何も残らない気がするんですよ。わたし、誰かの心に残るような仕事をしたいんです。でも、わたしには何かを作る才能はない。だったら、せめて、そういう才能ある人の手助けをしたいなって』

「――そういうことだったんですか」

ことりはつぶやいた。

ボールペンを握る手に力がこもる。話が進むにつれ、安奈は瑠璃子の名前を出さなくなった。

たどり着いたかもしれない。安奈は真面目だ。具体的な目標が決まれば必ず叶えることができる、とことりは確信する。

「では転職について考えましょう。誰かの心に残る仕事、才能のある人の手助けをする仕事はたくさんあると思います。まずは情報収集から始めましょう。転職活動に没頭すると時間をとられますが、生活のほうは大丈夫ですか？　今の仕事はどうしましょうか」

『ギリギリですけど……。中西さんに迷惑かけちゃってて、本当は辞めたいんですけど。貯金も少ないし、週に三日の仕事ってそんなにないし、しばらくはいようと思います』

「わかりました。今の仕事を辞める決断は、転職活動が軌道に乗ってから考えましょう。接客は嫌いではないんですよね。いると決めたからには楽しみながら仕事をされたほうがいいと思います」

『そうですね……。瑠璃子もいるし。今の仕事、辞めたらもう瑠璃子と会えなくなるから』

「辞めたら会えなくなるということはないでしょう。大学のときからのお友達なんですよね。同じ職場で働いているのは偶然ですか？」

『……まあ、そうです』

安奈は瑠璃子のことをよく話す。そのわりには様子を尋ねると返答が遅れる。

瑠璃子ははたして本当の友達なのだろうかとことりは考える。

大学の友達と社会人になってから同じ職場で働くというのは妙なものだ。高校生や大学生の友達が、同じ場所でアルバイトをするのとは意味が違う。

「今の仕事には、瑠璃子さんと安奈さんは、どちらが早く入ったのですか？」

『瑠璃子です』

「安奈さんが追いかける形だったわけですね。瑠璃子さんから紹介を受けて入ったのでしょうか」

――ひょっとしたら瑠璃子と安奈は、大学のときは友達でもなんでもなかったのではないだろうか。

ことりは安奈の沈黙を聞きながら考える。

安奈は瑠璃子に憧れ、瑠璃子を追いかけて、あえて同僚として同じ職場に入っていったのではないだろうか。

『それはありません。派遣社員て、そんなに簡単に行きたいところに行けませんよ。

葵《あおい》ちゃんは受付専門の派遣会社だし』

「葵ちゃんというのは？」

『もうひとりの同僚です。派遣社員』

葵という名前は初めて聞いた。確か受付は全部で三人でシフトを組んでいると言っていたはずだが。安奈と、正社員の中西と、瑠璃子とで。

ことりは少し迷ったが深追いしないことにした。ストローで水を少し飲み、パンダのぬいぐるみに向き直る。

「——わかりました。では瑠璃子さんのことはひとまず置いておきましょう。転職したって会うことはできますからね。それで、調べたのですが、広告業界向けの転職説明会があるんですね」

ことりはインカムを手でおさえて話し続ける。濡《ぬ》れた髪が乾き始めている。前髪のくせ毛が固まったら面倒だ。あとで丁寧にドライヤーをかけなくてはならないと頭のすみで思う。

立花さん、おはようございます
これから仕事に向かいます

ポリアンナさん、おはようございます。
今日はいい天気ですね。いまは電車の中ですか？

はい
仕事が三日ぶりなので緊張していますけど、頑張ります

行ってらっしゃい。

正社員の中西さんと一緒のシフトです
私は嫌われているから、気まずいです

自分が考えているほど、他人は自分のことを気にしていないものです。
久しぶりですから、何があっても仕方のないことですよ。
何かあったら、休憩のときなどにLINEしてください。
すぐにはお返事できないかもしれませんが、待っています。

「——瑠璃子ちゃんって、この子じゃないの」

朝の七時、事務所で立て続けにＬＩＮＥを打っていると、電話を一本終わらせた仁政が、無造作にタブレットを差し出してきた。

事務所の朝は早い。仕事の前に励ましてほしいというクライアントがいるからだ。仁政は毎朝六時前に出勤して、ルーティンのモーニングコールをかけている。

「探してくれたんですか？」

ことりはタブレットを受け取りながら尋ねた。

「必要かなと思って。受付、派遣社員、ルリコ、で検索かけたら見つかった」

「わたしはダメでした。時村さんはそういうの見つけるのうまいですよね」

「ことりちゃん、本気で探してないでしょ。瑠璃子って、ポリアンナちゃんの想像じゃないかと疑ってるんじゃないの」

ことりはぎくりとした。

仁政は気づいていたのか。

安奈と契約をしてから三週間、全部で四回話している。仕事へ行く日はＬＩＮＥもしている。

安奈は瑠璃子のことをよく話す。何を話すにしても比べずにはいられないようである。

美人で友人が多くて優しくて、憧れの女性。派遣社員の同僚。わたしとは違う。転職したら会えなくなる。瑠璃子だったらこんなふうにしないと思う。わたしは、瑠璃子のようになりたいんです。その都度《つど》、瑠璃子と安奈は違う人間なのだと気づかせなくてはならない。

それでいてふたりでいるときの様子や会話の内容に具体性がない。ふたりきりでどこかへ行ったこともないらしい。仕事中の話としても、大学にいたときの思い出話としても、具体的なことが出てこない。

瑠璃子は存在しているのか？　とことりは思い始めている。

仮にどこかにいるにしても、友達というのは嘘ではないのか。理想の女性として、誰かをデフォルメして安奈が作り上げた想像の産物、イマジナリーフレンドなのではないのか？

それならそれでいい。彼女の理想——瑠璃子がどういう人間なのか聞き出し、憧れる理由を探り、望みを知る作業をすればいい、とことりは最近になって方向転換をしたところである。どこかではっきりと聞き出す作業が必要だが、今はそのときではない。

「クライアントは嘘をつくものでしょう」

「その通り。でもどっちの証拠もないときは、クライアントを信じるのが俺の主義」

「表向きはですね」

ことりは言った。

この仕事には慣れたが、いまだに落ち着かない、信じ切れないものがある。クライアントにとってことりは霞だろうが、ことりにとってもクライアントは幻のキャラクターである。

「瑠璃子ちゃんって、ポリアンナちゃんのメンターだよね。美人だねえ。もちろんことりちゃんのほうが美人だけど」

口を挟んできたのは楠木所長である。

楠木所長はコーヒーミルを抱えるようにしてことりのうしろに立ち、タブレットを覗《のぞ》きこんでいる。毎朝、手動でコーヒー豆を四人分挽《ひ》くのが日課なのである。楠木によればそれが仕事へ向かうスイッチらしい。

仁政が探し出したタブレットの中にいる瑠璃子は細身の女性だった。栗色《くりいろ》のつやつやした髪を肩に垂らし、軽く首をかしげて笑っている。

ことりはアカウントを検索し、同じ画面を自分のタブレットに表示させた。

アカウント名はｒｕｒｉｃｏ。楠木が――ポリアンナが言うとおり、美人だ。白いミニワンピースからのびた足がすんなりと細く、見せつけるような全身写真を載せている。

みんなでいちごパフェ食べたよ～！　幸せ！

#働くのは丸の内　#飲むのは港区　#派遣女子　#ギャラ飲み歓迎　#今度CM出るよ

職場の近くでフレンチ！　意外と美味しい！

#働くのは丸の内　#飲むのは港区　#派遣女子　#定時後飲み

ＳＮＳは始めて五年ほど。フォロワーは一万人を超えている。文章は短文ばかりだが、たまに恋愛指南めいたことをつぶやいて共感コメントを集めている。男性たちと高級そうなレストランで撮った写真がある。連絡いただけませんかという誘いもある。ちょっとしたインフルエンサーと言ってもいいかもしれない。少し前にテレビCMの撮影をしたらしく、その日にはたくさんの応援コメントがついていた。

「モデル？　タレント……なんですかね」

ことりはつぶやいた。

いちごパフェを食べた日には、五人の男女との写真が投稿されていた。みんなでパフェを囲んで笑っているが、ｒｕｒｉｃｏ以外の人の目の部分は隠してある。この五人の中に安奈がいるのだろうか。

「モデル事務所に所属してるけど、普段は派遣社員やってるって書いてあったよ。働きながらＳＮＳで露出して、モデル目指してるってことなんじゃないの。どこかの受付で働いている写真があるから、ポリアンナちゃんの職場と比べてみれば？」

「そのわりには男性と飲んでいる写真が多いですよね。相手の顔は隠してますけど、いつも違う人で。遊んでるっていうか……」

「女の子が恋愛をめいっぱい楽しむのは良いことでしょう」

「そうですけど、ポリアンナさんの向かいたい方向とは違います。瑠璃子さんは派遣社員を楽しんでいるとは言っていたけど、恋愛の話を聞いたことはないんです」

「じゃあ別人かな。俺には判断できない」

「検証します。ありがとうございます」

最初のモーニングコールの時間になっていた。ことりはスマホにインカムをつなぎ、半年前から担当になっているカルビに電話をかける。

カルビは不動産の営業マンである。仕事は新築分譲マンションの販売で、ことりとコーチ契約をしてから何件かの新規成約にこぎつけている。ことりは彼のために不動産関連の本と営業のノウハウ本を十冊は読破している。

「おはようございます、楠木はげまし事務所の立花……」

『おはようございます、ねえ、立花さんだって、四十五歳で独身なら、結婚なんてもう無理だって思うでしょ！』

「――は」

カルビは電話をとったとたんにまくしたたててきた。

彼は感情が高ぶるとことりの意見を聞かず、ひたすら仕事のことを吐き出す。こんな様子で営業ができるのかと心配になる。

『俺はね、もう無理だと思うわけですよ。結婚なんて諦めて、終《つい》の棲家《すみか》を買いなよって言っちゃっていいですかね。立花さんはどう言う？』

「それは、カルビさんのお客さんのことですね。その方は男性ですか。女性ですか」

『男ですよ。マンション欲しいけど、ローン背負ったら嫁が来ないんじゃないかって不安なんだって。たった五千万円のマンションですよ。四十五歳の男がさ、それくらいの決断ができなくてどうするんだって。そう思わない？　思うよね』

「わたしにはわかりません」

『わからないじゃ困るんですよ。今日、これから会うんだから。俺、どうやってあいつにマンションすすめたらいいの？』

「カルビさんは、どう言えば効果があると考えていますか？」

カルビの話を聞きながら、ことりはその客からの依頼が来ないものかとうっすらと考える。

結婚したい、マンションがほしい？　それはどうしてですか？　両立できませんか？　ではどちらを先に達成すべきでしょう。どうやったら手に入れることができますか？　一緒に考えてみましょう。

カルビは強引な営業マンである。ことりがカルビを励ましたことで、見知らぬ男の人生が変わってしまうかもしれない。

ことりはうしろめたい気持ちに目をつぶり、親身になってカルビを励まし続けた。

その日の夕方、安奈からＬＩＮＥが入ってきた。
夕方から夜にかけての事務所は忙しい。朝の励ましと同じくらい、終わったあとの成果の報告は重要である。夜の仕事に入る前に励ましてほしい顧客もいる。
どうしても同伴したくないんだけど断ってもいいと思いますか？　というクラブのホステスから理由を聞き取り、代案を考えていたら時間がかかった。ことりは電話を切ると急いで、たまっていたＬＩＮＥの返信にかかる。

立花さん、ポリアンナです
仕事が終わりました

お疲れ様でした。これから帰宅ですか？

今日はネイルサロンへ行く予定です
もうギリギリなので笑
明るい色のネイルにします！

いいですね！

ゆっくり過ごして、英気を養ってくださいね。

コーチを始めて三週間。安奈は明るくなった。受付の仕事にも熱心に取り組むようになったし、転職について具体的に考え、資料を読み始めている。

瑠璃子についての会話は減った。これは意外なことである。

ことりはタブレットを手に取り、何回目かの瑠璃子のSNSを眺める。

おにぎりダイエットしてまーす！

もう三キロ痩せたよ。あと二キロ頑張る！

CM撮影、楽しかった！

隅っこにいるだけだけど、見てね！

受付って仕事、好きなんだよね

いろんな人を見るのが好き

ひょっとして天職かも

派遣仲間と飲んでます！

Aちゃん大好き！　お仕事頑張ろうね！

三週間前――つまり、最初に安奈と電話面談をした日にもSNSは更新されている。

受付らしいカウンターで、細い指先の一部が写っていた。ぼやかされた背景の中で、ピンク色のネイルが光っている。

ことりはタブレットをタップする。派遣仲間――Aちゃんと飲んでいるという投稿の写真では、瑠璃子は華やかなノースリーブのワンピースだ。もうひとりの顔は隠されているが、地味なシャツとパンツ姿である。

注意深く投稿を探ると、Aちゃんはこの半年で三回、SNSに登場している。パフェを食べていたとき、定時後という食事の写真にもいた。中肉中背――やや小太り、と言っていいかもしれない。すらりとした瑠璃子の隣にいると引き立て役といった雰囲気だが、仲は悪くなさそうである。

「時村さん、ここ、どこだかわかります？」

ことりはちょうど電話が終わって、インカムをはずしている仁政に声をかけた。

「――何？」

「瑠璃子さん――ポリアンナさんの同僚の仕事場です。インスタに受付のカウンターがありますよね。ぼやけてますが、制服を着た人影が少し見える」

ことりはタブレットを仁政に渡し、該当する写真を示した。

もともとこのSNSは仁政が見つけたものだ。教えてきたからにはある程度の見当がついているのに違いない。

「丸の内って書いてあったと思うけど」

「あれはフェイクです。時村さんならわかるかと思って」

クライアントは個人情報を言わなくていいということになっているが、それは建前である。知ろうとしなくても言葉のはしばしからある程度はわかる。

SNSがあればなおさらだ。ことりもこの仕事を始めてからあらゆるヒントに敏感になっているが、仁政にいたっては習性、特技といっていい。いわゆる特定というやつである。

仁政は自分のタブレットをタップし、面倒そうに手帳を開いた。

やはりそれなりに目星をつけていたらしい。

「東柏《ひがしかしわ》駅の駅ビル、ルミナントビルの一階インフォメーションセンター。制服と勤務時間が同じ。職場の近くって言ってた店が歩いて十分のところにある。——責任は持たないよ」

「千葉ですね。ありがとうございます」

「深入りするなよ。きりがない」

仁政は手帳を閉じ、呆れたように言った。

「ふたりとも頑張ってるねー。偉いねー。トマトとほうれん草のキッシュ買ってきたよ」

楠木が入ってきた。手には重そうなエコバッグを持っている。

「——益田さん、おはようございます」

仕事の前になんとなくスマホを見ていたら、葵が声をかけてきた。

安奈ははっとしてスマホをビニールの私物入れの下に隠し、相手が葵だと知って力を抜く。

朝九時四十五分。駅ビルはまだ開いていない。今日は正社員の中西は休みだ。ほかの社員の見回りがあるとはいえ、派遣社員しかいない日は気が抜けるもので、申し送りのノートを見ながらついついスマホを見てしまっていたのである。

葵は安奈を気にすることなく自分の私物入れをカウンターの内側に入れ、駅ビルのパンフレットを取り出して並べている。

葵はマイペースである。従業員がスマホを店内に持ちこむことは原則禁止、やむを得ないときは電源を切る、というのはこの駅ビル全体の決まりだが、安奈が仕事中にこっそりとスマホを見ていても何も言わない。父親が入院中で週三日勤務にしているはずの安奈が、しょっちゅう遊んだり飲んだりしていても、中西に言いつけることもない。

――あたし、受付って仕事が好きなんですよ。いろんなところ行けるから、派遣やってよかったと思います。

この仕事を始めてしばらくして、葵から言われたときは驚いた。

安奈は、派遣社員とは正社員になれなかった落ちこぼれ。まして受付などというのは、ほかの仕事をできない人間が、仕方なくするものだと思っていたのである。

――ここは三つ目なんです。前は総合オフィスビルの受付でした。会社によって、お客さんの種類って違うじゃないですか。やっていると、この人はあの会社かなってわかるようになるんですよね。それが面白くて。

ここは駅ビルだから、もっといろんな人がいて、行く人帰ってくる人、どこかへ行くまえに、何かを買おうって人とか、わかりますよね。みんなに名前覚えてもらえて、挨拶《あいさつ》したり、助けたりするのが楽しいんです。お年寄りもお子さんもみんな可愛《かわい》い。小さいけど、心に残る仕事ですよね。

葵はいつもニコニコしている。彼氏もいないし、スタイルも悪いし、すみれ色の制服も、安奈に比べたらさほど似合っているとも思えないのに、幸せそうである。

葵がここに派遣されたときは勝ったと思った。安奈のほうが若いし、美人である。これまでと同じように葵と仲良くなって、こっそりとSNSに、葵の顔だけ隠した写真を載せようと思った。

勝っていないと気づいたのは、受付をはじめてたった数週間で、葵が、毎朝来る顔なじみの客たちに名前を覚えられ、高齢の夫婦に、おはよう葵ちゃんと言われているのを聞いたときである。

受付の仕事をしていて、男性に誘われることはあっても、こんなふうに挨拶されたことはなかった。下の名前はと聞かれるといつも断っていた。瑠璃子がそうしていたからだ。

ＳＮＳだったら、愛されているのはｒｕｒｉｃｏのほうなのに。現に、葵とともに載せた写真――葵の顔の部分は隠していたけれども――ではみんなが、ｒｕｒｉｃｏさんがいちばんスタイルいいですね！　と言っていた。一緒にいる方は同僚ですか？　同じ制服を着たら、少し可哀想《かわいそう》かも。

安奈はとなりで準備をしている葵を窺《うかが》いながらＳＮＳの過去の投稿をタップする。自分であげたものなのに、何回読んでもやめられない。いいねの数をチェックするのと、まわりからの賞賛の言葉を読むのがやめられない。

このＳＮＳを始めたのは大学にいたときである。

ｒｕｒｉｃｏ――瑠璃子という名前は、憧れの女性からとった。

美人だった。都内の出身で、モデル事務所と契約をしていたらしい。友達がたくさんいて、男性にも人気があって、ＳＮＳに何かを書くと、またたくまに百を超えるいいねがついた。

ああいう女性になりたいと思った。ああいう女性になるために大学に入ったのだと思った。

瑠璃子を目指してダイエットをし、メイクを覚えて綺麗《きれい》になり、モデルの事務所に所属した。ＳＮＳを始め、あちこちから誘われるようになり、ファンがどんどん増え

い。

憧れの瑠璃子は広告代理店に入社したが退職し、主婦になったらしいと同窓会の噂《うわさ》で聞いた。彼女のＳＮＳはもうないし、話したこともないので本当かどうかは知らない。

瑠璃子のような結婚をしたいと思ったが、男性とうまく付き合えなかった。女性ともうまく付き合えなかった。安奈はもともと喋るのが苦手なのである。ＳＮＳでは人気があるのに、会うと何を話したらいいのかわからない。最近のＳＮＳの内容は、あちこちを検索して引っ張ってきた言葉ばかりである。

受付の仕事をやっているのは、すみれ色の制服が自分に似合うから。ＳＮＳにアップしたらいいねをもらえると思ったからだ。

「――益田さん、ネイル新しくしたんですね」

向かいの売り場の社員が厳しい目で安奈を見ている。スマホの電源を切り、何食わぬ顔でカウンターの前に立っていたら、葵がささやきかけてきた。

安奈の新しいネイルはラメの入ったすみれ色である。

「短いからいいと思ったんだけど、派手すぎますか？」

「可愛いですよ。ＳＮＳには載せないんですか？」

「あ――そういえば忘れてたわ」

葵は安奈の――ruricoのSNSを知っている。それどころか無邪気に楽しみにしている。

ふたりでいるときの写真を載せたときも喜んでいた。自分が嗤《わら》われていても気にしていない。気づいていないのかもしれない。葵を連れて食事に行くと、引き立て役のはずなのに楽しそうだ。そのことが安奈を落ち着かなくさせる。

開店一分前です。従業員の皆さん、お迎えする準備をお願いします――と、アナウンスが入る。

「――わたし、転職しようと思って」

ふと安奈は口に出した。急に言ってみたくなった。

葵は安奈に目をやった。

「そうなんですか。寂しいですね。どこに行くんですか？」

「広告業界――かな。あちこちから誘われているのよね。そういうのも悪くないかなって」

広告業界から誘われたことなどない。言った途端に後悔した。

「ふーん、さすがですね」

「なんてね、誘われているというのは嘘ですけど。でもこの間、CMの現場に行ったでしょ。自分でも作りたくなったんですよね。できるかどうかはわからないけど」

「あれ楽しそうでしたね。益田さんには向いていそう。できるかどうかって、やってみないとわからないですよね。あ、もう開きますよ。――いらっしゃいませ」

嘘だと口に出すだけで喉《のど》がからからになったのに、葵は何事もなかったかのように仕事に戻っている。

音楽とともにシャッターが上がっていく。ガラスのドアが開き、客たちが一斉《いっせい》に入ってくる。

嘘は疲れる。本当のことを言わなくてはいけない。

わたしにとりつくろう必要はないですからね。不機嫌なら不機嫌なままでいいです。話したくないならそう言ってください。どうして話したくないのか考えてみましょう。

そう言ったのは立花ことり――安奈のコーチだ。

ことりは好きだ。ことりと話すと安心する。

二人連れの客が葵を見つけ、受付に近づいてくる。近所に住んでいるらしい老夫婦だが、毎朝、散歩がわりに駅ビルに来て、葵がいると挨拶をしていくのである。葵は笑顔になって彼らの相手をしている。

売り場は最初の客で賑《にぎ》わい始めていた。一団から若い女性が顔を出し、意を決したように近づいてくる。

「すみません、南口はどちらでしょうか。迷ってしまって」

女性は安奈に尋ねた。

安奈の顔を見つめ、「益田」と書いてある名札に目を走らせる。

「南口は反対方向です。ここからですといったんあのドアを出ていただいて、通路を左に曲がったつきあたりになります」

「ありがとうございます」

ふと、その声に聞き覚えがあるような気がした。

安奈は女性の顔を見た。普段なら相手の顔などまったく気にしないのだが。

いや、違う。立花ことりではない。

安奈は思いついた考えを打ち消す。ことりに受付の仕事をしているとは言ったが、ここで働いていると言ったことはない。

サイトの写真にあった立花ことりは高級そうなベビーピンクのスーツを着た美人だった。髪はつやつやしたセミロングだったし、しっかりとアイラインをひいて、知的なフルメイクをしていた。

目の前の女は二十代の後半には見えない。ほとんどすっぴんで、髪はひとつにくくっただけで、毛玉のついたニットを着ている。まるで高校を出たばかりのころの安奈のようだ。

ことりが――あの優しく賢い女が、こんなに垢抜《あかぬ》けない人間のわけがない。

『――わたしはね、デブでダサい娘《こ》だったんですよ』

電話の向こうで安奈が話している。

「それはいつの話ですか？」

ことりはインカムを片手で押さえ、パンダのぬいぐるみに向かって、落ち着いた声で問いかける。

『子どものころから、ずっとです。ずっと太っていて……。だから東京へ来たばかりのとき、なんとかして痩せて、綺麗になろうと思いました。女子大で、まわりは華やかな子ばっかりだったから、ついていかなきゃって必死だったんです。当時、いちばん大学で目立っていたのが瑠璃子って子だったんですけど、彼女みたいになろうと思って』

「その方が、広告代理店へ行った方ですね」

『そうです。同窓会で知りました。もしも最初からわかっていたら、わたしもそっちを受けたんですけど……。そんなの知らなかったから。瑠璃子は就活なんかしないで遊んでいると思っていたんです。だからわたしも、とにかく一生懸命遊びました』

「一生懸命遊ぶ。楽しくはなかったんですか？」

『楽しかった……です。そのときは、それが楽しいと思っていたんです。綺麗になったらまわりから褒められるし、モデルの事務所にも合格して、有頂天《うちょうてん》でした。SNSも始めて、事務所からはフォロワー増やせって言われたから。あちこちに行きました。楽しかった、最初は』

「今は、楽しくないのですか？」

『楽しいは楽しいんですけど、だんだんSNSのために遊ぶのか、遊ぶためにSNSをするのかわからなくなっていって……。いつもイライラするようになって。食品メーカーに勤めたんですけど、もう何もかもダサくて。嫌で嫌でたまらなくて辞めました。

　だからといってモデルの仕事が来るわけでもなくて、それで派遣を始めました。受付の仕事って目立つじゃないですか。みんなに見られるし、写真にしても映えるし。

受付に立っているのはわたしじゃなくて、瑠璃子なんだって思いこみました。幸せだったんです』

「でも今は幸せと感じられなくなったんですね。なぜなのでしょうか。同窓会へ行ったからですか？」

『そうです。広告代理店へ行けばよかったと後悔しました。でもそれより大きいのは、葵ちゃんが入ってきたことです』

「葵ちゃん、というのは——」

『同僚です。葵ちゃん、ほんとに良い子だから。わたし、葵ちゃんみたいになりたいなって思いました。別に目立つ子ではないけど、まわりのことを気にしてなくて。葵ちゃんみたいな幸せってあるんだなって。それで今度こそ、わたしに向いている仕事に転職しようと思って』

「葵さんがきっかけになったんですね。他人の評価に左右されないのはいいことだと思います。モデル事務所のほうは、今も所属しているのですか？」

『いちおういますけど、これからどうするか決めていません。そちらでもたまに仕事が来ることもあるので。——少し前ですけど、CMに出たんです。隅っこにいるだけの役ですけど』

安奈は電話の向こうで洟《はな》をすすっている。ことりのあいづちも耳に入らないようである。

『そのときね、思ったんです。こういうのいいなって。タレントよりも、一生懸命に何か作ってる、裏方って素敵だな、面白いなって』

「何を見たとき、そう思ったのですか？」

『そのとき、一緒にいて面倒を見てくれた広告代理店の女性です。瑠璃子とは違う、すごい仕事熱心で、男っぽい感じの人。かっこよくて。ロングヘアでね、こう、てきぱき歩いてて』

ロングヘアは関係ないのではという気持ちを押し隠し、ことりはうなずいた。

『いいなあって……。本当に、いいなあって……』

安奈は静かに泣き出す。ことりは何も言わない。安奈がいつか本当によかったと思えるときがくるのか、ずっと自分と違う誰かに憧れ続けるほうが幸せなのかと考えている。

「――ポリアンナちゃん、どう？」

目の前に熱いコーヒーが置かれ、ことりははっとした。

置いたのは仁政だ。彼は自分の電話を終わらせ、いつものようにマグカップを持って窓際に移動するところである。

「転職サイトに登録して、月末のマスコミ志望者向けの勉強会に行くことになりました。仲間を作ったほうがいいと思って。来週の電話セッションまでに好きなCMを十本見つけて、どういう傾向なのか分析することになっています。だんだんやりたいことがわかってきました」

それから髪を伸ばすと言っていた。勉強会までに黒く染め直します。ロングヘアにして、服も買い直します。転職活動を始めたら、新しく専用のSNSを始めようと思います。名前はポリアンナで。

安奈は形から入るタイプらしい。それ自体は悪いことではないのだが、どうにも心《こころ》許《もと》ない。何かを言ってやりたいが言葉を思いつかない。

「よかったね」

仁政は言った。

仁政はなんだかんだ安奈のことを心配していたのに違いない。これでお人好《ひとよ》しなのである。

「時村さん、気づいていたんですか。瑠璃子――SNSにあったruricoが、ポリアンナさんだってこと」

ことりは尋ねた。

安奈はことりが駅ビルのインフォメーションセンターに足を運んで確かめに行ったことに気付いていない。電話面談を重ねるうちに自分から、瑠璃子は幻なのだと打ち明けてきた。

「いや。SNS見つけて勝手に憧れているんだと思ってた。たまにいるんだよね。会ったこともない人に自分を投影して恋するパターン。クラウドが相手だと理想的な恋愛ができちゃう」

「それは自分の経験ですか？」

「そうそう」

仁政は言った。女性は俺には不向き、惚れられちゃうからと言っていたのは自慢ではなかったのか。

「あと名前。よかった探し。自己評価は低いのに自己顕示欲は強いってけっこうやっかいだから。うまく向上心に変わればいいんだけど、塩梅《あんばい》が難しい。ポリアンナちゃん、いい仕事につけるといいね」

「そうですね。頑張って励まします」

「うちの事務所のクライアント、どうもアンビバレントな人が多いんだよなあ。なんでかな」

破《わ》れ鍋《なべ》に綴《と》じ蓋。水は低いところへ流れる。変わったクライアントが多いのは、この事務所が変わっているからではなかろうか——と思っていたら、楠木所長が割って入った。

「そりゃ仁政くんと、ことりちゃんが呼び込んでるんですよ。良い鍋にぴったりなのは良い蓋なの。人はね、ここならOKと思ったところにたまっていくもんなんですよ」

楠木は外出から帰ってきたところである。顔が心なしかピカピカしている。おそらくまたメンズエステに行っていたのだろう。

羽菜子は子どもの習いごとがあるとかで早退している。楠木はいつのまにかキッチンに入り、黒のスーツ姿のまま、紙袋からいそいそと中身を取り出した。

「帰りに焼き肉弁当買ってきたんだよね。仁政くん、ことりちゃん、食べるでしょ」

「わたし、さっきランチ食べちゃったところですよ」

「ええー、そんなあ」

「夕ごはんに食べるんで冷蔵庫入れといてください」

「俺はもらいます。ことりちゃん、昼間は糖質制限しないほうがいいよ。頭まわらなくなるから」

「時村さんこそ、お肉の脂身は脂質として考えたほうがいいですよ」

ことりも仁政もダイエットについてはかなり詳しい。仁政は嬉しそうにお弁当を受け取っているが、楠木所長の差し入れにいちいち付き合っていたら体がもたない。

安奈のファイルに進捗《しんちょく》状況を書き込んでいると、スマホが鳴った。

「はい楠木はげまし事務所……」

『すみません……時間外に。キキです。どうしてもダメです。やっぱりダメです！』

キキはこちらが応答するなり叫んだ。

「落ち着いてください、キキさん。どうしてダメなんですか？」

ことりはインカムをつけながら尋ねた。

キキとは時間外であってもできるだけ応対するという契約になっている。

『うちの子が吐いちゃって……。でも夫は出張中だし、猫も病気なんです！』

「嘔吐《おうと》してしまったんですね。可哀想に。大丈夫でしたか？　今、お子さんは何をしていますか？　あと猫も」

頑張れ頑張れ、頑張れ、頑張りすぎるな。

一緒に走ろう。楽しく走ろう。

キキの励ましは長くなりそうだった。ことりはキキの話にうなずきながら引き出しを開け、ぬいぐるみを取り出した。

仁政がさりげなく手を伸ばし、時計をことりの見やすい位置に置く。

ことりは黒猫のぬいぐるみをじっと見つめ、幻の仲間を励まし続けた。

No.2

白雪姫に恋したカサノバさん

傍《かたわ》らの高架を電車が走って行く。

いつのまにか有楽町駅を通りすぎていた。電車の音が薄暗い高架下に響いて耳障りだ。銀座から数分の場所だというのに、あたりの人はいかにも金がなさそうである。これだから地上は嫌なのだと思いながら、良明《よしあき》はゆっくりと歩いている。

山の手線に乗ったことなどこの数年を思い返しても数回もない。車が好き、通勤をしなくていい仕事だというのもあるが、新橋のサラリーマン時代を思い起こしてしまうのが嫌なのだ。事務所は六本木だが、ちょっとした商談に行くのにも車かタクシーを使っている。

最後に電車に乗ったのは三ヵ月ほど前――有紀《ゆき》と交際しはじめたときだった。有紀が勤めているバー『美優《みゆう》』から出るのを待ち、有紀が山の手線に乗るのを見届けて、偶然を装って声をかけた。有紀と店の外で話したのはそれが初めてである。

有紀はガードが堅くて、店では何を聞いてものらりくらりとかわされてしまう。

美優――年齢不詳のバーのママから聞き出せたのは、有紀が独身で、昼間は会社員をやっていること、戸越《とごし》のマンションにひとり暮らしをしていることだけだ。恋人はいないのかと尋ねたら、あの子には夢があるから男と付き合う暇はないはずだと言われた。

あの子はああ見えて身持ちが堅いのよ。バーの女だと思って、軽々しく誘ったらダメよ。

「――良明ちゃんを嫌いになったわけじゃないの」

と、有紀は言っていた。

ほんの一時間前のことである。

ママの言う通り、有紀は堅実な女だった。どこへ行くのにも地下鉄を使う。定期があるからタクシー代なんてもったいないわと笑っていた。

だがまさか、プロポーズの返事として別れを告げられるなんて考えてもみなかった。

「ならどうして」

良明は尋ねる。

場所は銀座の老舗《しにせ》のカフェだ。有紀にしては贅沢《ぜいたく》な店だ。いつか洋菓子店を開きたいと言うだけあって、有紀はあちこちの居心地のいい店を知っていた。

「わたしには夢があるのよ。何回も話したことだけど。昼も夜も働いて、やっと手が届きそうなところまで来たの。良明ちゃんだって応援するって言ってくれたでしょう?」

「もちろん応援してるよ。だから結婚すればいいじゃないか。ケーキ屋なんて結婚してたってできるし、経営の面でも資金の面でも、俺なら相談に乗れる。銀行だって男がいたほうが安心するもんだよ」

「良明ちゃんは優しいのね」

有紀はふわりと笑った。

良明はどきりとする。清楚《せいそ》で可憐《かれん》だが、芯のしっかりした女。付き合ううちに美しさがわかってくる。五反田《ごたんだ》のバー『美優』で、ほかの男の客もそう思っていることを知ったときは胸が焼け付くような気持ちになったものだ。

有紀は自分の夢の話を具体的には話さない。店というのがクラブやバーでなく、手作り菓子を売る小さな店だと知ったのは、付き合って一ヵ月もたってからだった。俺には有紀を助けることができると言ったら、気持ちだけ受け取っておくねと答えた。

良明が有紀よりも十五歳年上で、六本木に貿易会社の事務所を持ち、ある程度の金融資産があって——つまり成功者である、ということを打ち明けた時ですらそうだった。

おそらくそう言った途端、有紀は態度を変えて良明を頼りにしはじめる、結婚したがるものと思いこんでいたのだが――これまでに交際してきた女性たちと同じように――そんなことはなかった。すごいね。わたしも良明ちゃんに負けないように頑張らなくちゃと言っただけだった。

「俺は優しくないよ。有紀だけだよ、こんなふうに思ったのは。話したことがあっただろう、俺は女性に対してはずっと不信感を持っていて、これまではずっとひとりで生きていこうと思っていた。変わらせてくれたのが有紀なんだ」

「ありがとう。そう言ってくれて、本当に嬉しかった」

有紀は少し寂しげに笑った。

テーブルの前には手つかずの紅茶が残っている。有紀はいつも温かい紅茶を飲むのだ。

「だから余計、甘えたくないの。わたしは弱いし、良明ちゃんを頼ったら、たとえお店を持てたとしても、わたしの店じゃなくなっちゃうと思うの」

「俺は、有紀を弱いなんて思ったことないよ。現に、ひとりで店を開けるところまで来ているんだから。これからは俺が手伝ってやれるよ」

「でも弱いのよ。立花さんがいるからなんとか頑張っているだけ」

またあの女か。良明はうんざりする。

立花さん。有紀の相談相手、メンターである。有紀は彼女から電話がかかってくると、良明のことをそっちのけで話している。紹介しろと何回も言っているのだが、有紀は電話だけのつながりだからと言ってそれ以上話したがらない。どうやら有紀も、彼女について詳しく知らないらしい。

そんな人間に、大事な夢の相談などしていいのか。数日前にもそのことで言い争いになったばかりだった。

「その人はプロじゃないんだろ？　コンサルタントでもない。製菓の業界についても、店を開くことについても何も知らない」

有紀の機嫌を損ねないよう、苛立《いらだ》ちを抑えて良明は言った。

「この間も言ったけど、経営に関しては素人よ」

「だったら俺のほうが詳しいよ。俺なら何でもアドバイスできる。その女性の代わりになれると思う」

脱サラして成功した男、個人事務所を経営している人間がすぐ近くにいるのに、なぜ素人の相談相手が必要なのか。良明にはわからない。

有紀は首を振り、麻のトートバッグから財布を取り出した。無造作に結んだ髪が頰に落ちる。

有紀はセンスのいい女である。化粧はほとんどしないし、高価なものを身につけているわけでもないのに、有紀とカフェにいると映画の一場面のようだと思ってしまう。

銀座で会うからには何かを買ってやろうと思った。ここまでさんざんもったいぶってきたのだから、そういうつもりなのだろうと思っていた。

まさか別れ話をされるとは思いもよらなかった。

「アドバイスではなくて、励ましてもらっているの。きっと話してもわからないと思う。わたしなんてやめたほうがいいよ。良明ちゃんならもっといい人、いくらでも見つかるから」

有紀は千円札を一枚、紅茶のソーサーの下に滑らせた。

「お店、やっといい場所が見つかったの。たぶん、近いうちに開くことができると思う。そうなったら連絡するわ。そのときに良明ちゃんの気持ちがまだ残っていたら、また付き合って。ダメなら諦めるから。好きだからそうしたいの。わがままだけど、そうさせてください」

有紀はそう言い、良明が口を開こうとする前に席を立った。

「有紀……」

呼びかけに答えることなく有紀は店を出て行った。

有紀の後ろ姿は美しかった。柔らかそうなカットソーと細身のパンツ、スニーカー。近くにいる学生らしい女性たちがなんとなく有紀に目をやっている。

高価なドレスやアクセサリーも贈ったのだが、有紀はそれをバーの制服のように身につけるだけだった。休日はあちこちのカフェやインテリアショップを巡るか、勉強するか、菓子を作るかだし、高い洋服やアクセサリーをもらってもお返しができないので困るとやんわりと言われていた。

つまり、良明はふられたのである。

そう理解するまでに時間がかかった。

三十歳の独身会社員、しかもバーでアルバイトをするような女だ。少し遊んで終わりにするつもりだった。三ヵ月付き合ったのにキスしかできず、意を決してプロポーズしたとたんふられるなんて考えたこともなかった。

学生時代から四十五歳の今まで、良明はふる側だった。別れるときは適当にあしらい、相手が本気で結婚したがったら連絡を絶つ。それがいつものやり方だ。三ヵ月付き合ったのも長いほうなのである。

良明は有楽町へ向かって歩き続け、小さな道に入り込んだところで足をとめた。細長いビルの入り口に、小さな看板が出ているのを見つけたのである。

「はげまし屋」楠木はげまし事務所
あなたの人生、励まします！

看板の下には電話番号とQRコードがある。

良明は看板をじっと眺め、ポケットからスマホを取り出した。


「――それは迷いますね。やっといい場所が見つかったのに」

ことりは事務所でインカムをつなぎ、デスクの上の人形へ向かって話している。

晴れた日の午後である。ブラインドを開けた事務所の窓からは日差しが差し込んできて気持ちがいい。仁政は向かいのデスクで手帳に何かを書き込み、窓を背にした事務机では羽菜子がデスクのパソコンに向かっている。

『そうなんですよ。このままいけば今月末には契約を結んで、プレオープンできるはずだったんです。でもまさか今になって駅前の場所が空くなんて』

電話の相手は白雪《しらゆき》——ことりのクライアントである。三十歳の女性だ。声は澄んでいてかわいらしいが、口調はしっかりしている。

「資金的には問題ないんですか？」

『賃料は高くなりますけど、居抜きができそうなんです。今はドーナツ店をやっているので、改装のお金がそれほどかかりません』

「人件費はどうでしょう。これまでの予定では、知人にお手伝いを頼んで、夜は開かずにのんびりやるということでしたが」

『母が手伝ってくれる予定だったんですけど、そうなると広いのでアルバイトを雇わないと無理ですよね。だから、そのこともご相談したかったんです』

「親族の方に資金のご協力は仰《あお》げませんか？」

ことりが言うと、白雪はふっと声を低くした。

『うちは母子家庭なので……。母は賃貸アパートで、年金で暮らしています。応援はしてくれるんですけど、資金のほうはあてにできないんです』

「そうでしたか。申し訳ありません。立ち入ったことをお聞きしました」

『いえ、母には感謝しかありません。だから余計、お店を成功させて恩返ししたいんです。今、お手伝いしてくれそうな人に声をかけているところです』

「では、その件は来週を期限としていいですか？　お母さまやほかの人の手応えを確かめて、人件費の概算《がいさん》を出してみてください。お店の改装料金もはっきりさせたほうがいいですね」

『わかりました。工務店と相談します』

「白雪さん、会社員は開店まで続けられるとして、バーのほうはいつまでお勤めされるんですか？」

ことりは尋ねた。

白雪は都内の製菓会社の正社員をするかたわら、バーの勤務を続けている。開業資金を貯《た》めるためである。

『バーにはもうあまり通っていないんです。お菓子を売ってもらうために行っているようなものです。資金かあ……。会社は辞めますけど、バーのほうは辞められないかも。わたしの生活費もありますし。どう思いますか？』

「うーん……。わたしは飲食店で働いた経験はないのですが、昼間にお店、夜にバーとなるとストレスがありそうですね。今もそうですけど。白雪さんの健康状態はいかがですか」

『良好です。毎朝走ってますし、健康診断でも問題なかったです。先週までは余計な予定が入ることがあったんだけど。お店のほうのめどが立ってきたので、これからは自分のために時間を使おうと思って。忙しいけど、店のことを考えているときはストレスを感じないです』

「健康状態がいいのは一安心ですね。では、予定通りの場所での開業をプランA、駅前での開業をプランBとします。ふたつを比べてメリットとデメリットを考えてみましょう」

ことりはデスクの時計に目を走らせながら言った。

目標を達成できそうなクライアントに対してはことりも甘くなる。もうすぐ三十分の予定が終了するが、今回は特例で延長料金を取らなくてもいい。

『メリットとデメリット。そうですね、今日は時間がないので宿題にします。来週、相談させてください』

「不動産業者は待ってくださるんですか？」

『今月いっぱいは前の店をまだやっているそうなんです。わたしのお店のプランをオーナーが気に入っているので、今月半ばまでは待ってくださるそうです。とはいっても早いほうがいいんですけど』

「わかりました。来週、プランAとプランBを比較して決定しましょう。予想を概算してください。かかる金額と、日程と、必要だと思われる労力を。わたしも考えてみます」

『よろしくお願いします。立花さんの意見は参考になるので』

このまま終わらせるのかと思ったら、白雪はふっと口調を緩《ゆる》めた。

『わたし、不安なんです。お店、開くことができるんでしょうか。一生懸命頑張ってきたけど、本当に夢が叶うのかなって。お客さん、わたしのフルーツサンドを食べてくれるかな。わたし、この生活から抜け出せるんでしょうか』

抜け出せる。白雪はときどき、妙なことを言う。

ことりはデスクの人形を見つめた。青いドレスを着た、頭の大きな人形である。かわいらしいがミステリアスだ。白雪に合っていると思う。

「何回も検証して、大丈夫だという結果になりました。もうすぐ目標を達成するから、不安な気持ちになっているんだと思います。マリッジブルーみたいなものかな」

『マリッジブルー』

何がおかしかったのか、白雪はくすりと笑った。

「白雪さんは頑張られていますよ。お店、わたしも楽しみにしているんです。もちろん開いたからといって安心はできませんが、それはまたそのときどきで、作戦を練っていきましょう」

『そうですね。わたし、立花さんと話すと安心するんです。これからもよろしくお願いします』

白雪が納得したので、ことりは電話を切り上げてインカムをはずした。

白雪の担当になって半年だが、時間超過になったことは一回もない。白雪は話すべきことを事前に決め、三十分のセッションで何かを得ようとする。節約して開業資金を貯めていることを知っているだけに、時間とお金を無駄にさせまいとことりも必死になる。

白雪の目標は、個人経営の洋菓子店を開くことである。

小さいときからカフェが好き、お菓子を作るのが好きで、あちこちのカフェでアルバイトをした。大学を卒業したあとに就職したのは大手の製菓メーカーである。会社の同僚に手作りのお菓子を食べさせてみると美味しいと驚かれた。具体的に洋菓子店を開くことを考えるようになり、夜間の専門学校へ通って調理師免許と製菓衛生師、食品衛生責任者、野菜ソムリエの資格を取った。

直接のきっかけは二年ほど前——二十八歳のとき、友人から頼まれて、バー『美優』でアルバイトを始めたことだ。

バーのママ、美優に気に入られ、フルーツサンドを作ったら好評だった。甘く煮詰めたりんごをパンに挟み、クリームに工夫を加えたオリジナルレシピのフルーツサンドである。

採用され定番のメニューになり、持ち帰りたいという客も出た。焼き菓子やアップルパイも出すようになり、試しにバーで売ってみたら高評価だった。美優に相談したら、店を経営するノウハウを教えてくれた。

とはいっても白雪は会社員である。簡単に決断することはできない。そんなときに楠木はげまし事務所を見かけ、電話をかけてきたのだ。

それからはイメージを少しずつ具体的にして、できることを進めていった。資金繰り、経営方針、場所の選定、メニューの決定。ことりはもちろん素人だが、各種相談先や申請先を調べ、アイデアを補足することはできる。白雪のぼんやりとした意見を聞き出して言語化し、道筋を立てていくのはことりにとっても面白い作業だった。

白雪はおっとりとしているように見えてガッツがある。こういう女性に対しては、仕事を離れても応援したい。

「——時村さん、いいですか」

向かいの仁政が手帳を閉じるのを見計らい、ことりは声をかけた。

白雪はもともと仁政のクライアントである。二回目で女性に代わってほしいと言われ、ことりの担当になった。

仁政は経営に詳しい代わり、話の内容がどうしてもビジネスライクになる。白雪は質問の答えやアドバイスが欲しいのではなく、話を聞いてもらいたいタイプなのである。

「ん、何?」

仁政は答えた。

「白雪さんなんですけど」

「ああ白雪さんね。いい物件見つけたんじゃなかった？　来月あたりオープンだっけ」

仁政は記憶力がいい。ことりが何げなく言ったことであっても細かく覚えている。白雪も仁政を覚えていて、時村さんはどんなふうに言っていますかと聞いてくることもある。

「その予定だったんですが、最近、さらにいい物件が空いたそうなんですよ。田町《たまち》駅の近くで、イートインのカフェも併設できるとかで」

「雰囲気に流されるのは危険だと思うよ。特に飲食店は」

「白雪さんは雰囲気で判断しませんよ。採算は不動産業者と銀行の担当者に相談しています。とりあえず当面の資金と、客層が変わって、趣味の手作りのお菓子をのんびり売るって感じじゃなくなるようで、悩んでいるんです」

「理念が変わるってことか」

仁政は冷めたコーヒーを口に運んだ。

「俺はさ、開業するからには利益を得なきゃ意味がなくて、趣味のお店なんて金持ちの道楽でしかありえないと思ってるんだけど。そのあたりは白雪さんの考え方だね。どうして変化したのかは考えさせたほうがいいかもね」

「本人も迷っているみたいです。一週間で結論を出すのは難しいかな」

「不動産業者に期限を切られてるなら注意したほうがいい。ゆっくり考えさせたくない何かがあるかもしれない」

「そうですか……」

そういえば少し前に仁政はどこかのビジネスマンに、売り込むだけではなく、期限を切って提示してみましょうと提案していた。効果があったようだ。

「白雪さんのお菓子、美味しいですよね。今日は売ってる日ですから、おやつに食べましょう」

　口を挟んだのは羽菜子である。

　羽菜子は窓を背にしたデスクに座ってパソコンに向かっている。今日は珍しくぐずっと事務所にいる。朝からてきぱきと請求書を作り、サイトを更新し、ファイルとクライアントの情報を整理し、コーヒー豆の買い足し、キッチンの掃除までしていた。

「あれなー。美味《うま》いよな。羽菜ちゃん買ってきてくれんの」

「所長に買ってきてもらいます。暇そうでしたから」

　羽菜子は答えた。

　所員は全員、白雪のフルーツサンドを食べたことがある。白雪が事務所に届けてくれたのだ。

　事務所の方針でクライアントとは会わないことになっているが、白雪とはＺｏｏｍで話しているので抵抗がなかった。視覚的なプランや、契約書のあれこれを見せるときは動画のほうが早い。現物の味を知らずにお店の話をすすめることをためらっていたら、白雪から届けますと言ってきた。

　事務所にフルーツサンドを届けに来た白雪は、細身の美人だった。突然伺ってすみません、正直な味の感想を教えてくださいと事務所の玄関先で頭を下げ、きれいにラッピングされたフルーツサンドの袋を渡してきた。

白雪には言っていないが、ことりはそのフルーツサンドを売っている――つまり白雪が勤めている――バーを知っている。

五反田の『美優』。裏通りのビルの一角にある、バーというより昔ながらのスナックといったほうがしっくりくるような店である。勤めているのは年齢不詳のママ美優と、日替わりのアルバイトの女性が何人かである。白雪からフルーツサンドを届けてもらったあとで、仁政と羽菜子が調べてつきとめた。

ある程度の常連になって予約しておけば、バーのスタッフが夕方に店を開けてくれ、白雪のお菓子を買うことができる。いちばんの人気はフルーツサンド。中でもアップルクリームサンドが評判である。最近では所長がたまに買ってくるのだが、どうやって顔をつないだのかはわからない。

ことりはデスクで白雪のノートを開いた。カフェ開業にまつわるノウハウの本を開き、プランAとプランBのメリットとデメリットについて書き出していたら、電話が鳴った。

とったのは羽菜子である。

「――はい、楠木はげまし事務所です。――励ましのご依頼ですね？」

羽菜子は少し話してからことりに顔を向け、事務的に言った。

「立花さん、新しい依頼いいですか。園田《そのだ》良明さん。女性のコーチにつきたいそうです」

「まわしてください」

ことりはノートを閉じ、インカムをつけて受信ボタンを押した。

『——ではカサノバさんは、その恋人の心を取り戻したいと思っている、ということですね?』

良明は電話をかけていた。

六本木のマンションの一室、良明の個人事務所である。ワンルームだが七階なので見晴らしがいい。高架を走る車と歩道にいる人間たちが見える。

反対側だと見えない景色で、ここに来るたびに良明はこの部屋にしてよかったと思う。部屋は狭く家賃は二万円高いが、着飾って歩く人間たちを見下ろすためだと思えばもとがとれる。

良明は貿易会社を経営している——ということになっているが、社員は良明ひとりである。海外、主に東南アジアに買い付けに行って小売りの会社に物を卸《おろ》すのが仕事だ。扱っているのは食料品と雑貨だが、時折ふらりとヨーロッパへ行き、気の向くままにハイブランドの時計やバッグなどを買うのが趣味である。

「そうですね。有紀は――有紀ってその子の名前なんですけど、ぼくのことを嫌いにはなっていないんですよ。好きだから別れるって言ったんですから」

『好きだから別れる。それは本心でしょうか』

「本心じゃないと仰るんですか」

良明は少しむっとする。

電話の相手は立花ことり――楠木はげまし事務所の女性コーチである。

『恋愛ごとですから。好きなのに嫌いだと言うこともあるでしょうし、あるいはその逆もあると思ったのです。別れる理由について、有紀さんはどう仰ったのですか？』

「ぼくがいたら甘えてしまうから別れる、と言っていました」

良明は煙草《たばこ》に火をつけながら、有紀のメンターは本当にこの女なのだろうかと考える。

有紀は立花さん――メンターから電話がかかってくると良明にいてもらいたくなさそうになった。店に関係することだと言われれば引き下がるしかないが、相手が誰なのか気にかかって仕方がなかった。いい雰囲気になったときに限って着信音が鳴ったりするので、男がいるんだろうと怒鳴ってしまったこともある。

有紀は何も言わず、困ったような顔をしてスマホの連絡先を見せた。

楠木はげまし事務所、立花ことり。女性であると知ってほっとはしたものの、あのときにメールがなければ、少なくとも一回は有紀の部屋に泊まることができたはずだ。有紀は、怒られるようなことはしていないと良明に言った。あれが別れを告げられた原因だと思っている。

有紀はホテルが嫌いだった。女性にしては珍しい。カフェは好きなんだけど、部屋になると無機質すぎて、閉じ込められているみたいで息苦しくなるの、と言っていた。

良明ちゃんの家に行ってみたいと言われたこともあるが、断ったのは自分である。だから結局、有紀は良明にキスしか許してくれなかったということになる。三ヵ月もだ。こんなことは初めてで、良明はそのことを考えるたびに沸騰《ふっとう》するような怒りを覚えるのである。

『甘えてしまうから別れる、ですか』

良明の気持ちも知らず、ことりは平淡《へいたん》に喋っている。色気はないが綺麗な声である。

「そうです。彼女には夢があって、ずっとそのために準備していたんです。ぼくとしては応援したいのに、彼女はわかってくれなかった。頼ってくれればいくらでも相談に乗るのに。こういうときって、女性はどういうふうに考えているものなのでしょうか」

『それは状況によると思います』

「もしも立花さんだったら？　立花さんだって夢はあるでしょう。失礼ですが――独身ですか」

『わたしは独身です』

「恋人はいらっしゃいますか？」

良明は煙草の煙を眺めながらたたみかけた。こういうことはほのめかすより、ずばりと聞いたほうがいい。相手に脈があるかどうかすぐにわかる。

――いや、別に俺は、立花ことりを落とそうとしているわけではなかったのだった。

悪い癖だ。関わりのある女に対しては、とりあえず男がいるかどうか確かめたくなる。

立花ことり――二十七歳。有紀よりも三歳下ということになる。サイトの写真はまあまあだったが、有紀には及ばない。少し話しただけだが、カリスマ性があるタイプでもない。

有紀はどうしてこんな女を頼りにし、大事なことを相談する気になったのか。この女が良明よりも上なのかと思うと苛立たしい。

『恋人はいません。いても恋愛と仕事は別です。わたしなら、仕事があるから別れるというようなことはないと思います』

「意外ですね」

『といっても人の考えはそれぞれですし、状況によります。ことに恋愛に関しては』

ことりは律儀《りちぎ》に答えた。嬉しそうでも不快そうでもない。この事務所の励ましとやらは、多少のセクハラが許されるらしい。少し気が晴れた。

女性は同性に恋愛の相談をするものである。ことりも有紀からあれこれと聞いているのに違いない。こうなったら少しでも有紀の気持ちを聞き取ることはできないものか。

「彼女はね、店を開いたときに、まだ気持ちがあったらまた付き合って、って言ったんですよ。もちろんぼくの気持ちが消えることはないんだけれども。それなら今だっていいじゃないですか。店にはもう絶対に口出ししない、そう言えば納得してくれるんでしょうか」

『カサノバさんは何を望んでいるのでしょうか。お相手を納得させたい。別れた理由をはっきりさせたい。自分が納得したい。このうちのどれですか？』

「もう一回付き合いたいんですよ」

『だったら——これはわたしの私見ですが、今は時間をおいたほうがいいと思います。納得することと恋愛感情は別ですし、愛情が残っているのなら何かアクションがあると思います。それはこちらのタイミングではなく、お相手が決めることではないでしょうか』

「愛情が残っているならってどういうことです？　残っているに決まってるでしょう。彼女は好きって言ったんですよ。嘘をついてるとでも？」

『円満に別れたくて、嫌いだと言えなかったのかもしれません』

腹のあたりがカッとなった。思わず指が動き、良明は電話を切った。

こんな失礼な女だとは思わなかった。

励ますと書いてあるのだから、希望を持てることを言ったらどうなのだ。どうしたら有紀の心を取り戻し、有紀の店に一枚嚙《か》んで、経営者に名前を連ねることができるか、といったようなことを。

嫌いだとはなんだ、嫌いだとは。

良明は半分以上残っている煙草を灰皿で潰し、スマホをデスクに置いた。灰皿には数本の煙草が転がっている。

有紀には喫煙者であることを隠していた。別れてから本数が増えた。

有紀のことはとりあえずいい、今すぐにことりが電話をかけてきて謝ったら許してやってもいい——と思っていたら、スマホが鳴った。LINEだ。

はっとしたが、有紀でもことりでもなかった。

パパ、今日帰ってくるの？

千葉に住む良明の妻だった。文字とともに、良明の五歳になる娘の写真が送られてきている。

良明は数秒考えたあと、帰るよと返事を書いた。

妻は良明に連絡をとるとき、いつも子どもを使ってくる。離婚するなら容赦しないからとも言われている。こういうとき女は卑怯《ひきょう》だと思う。だからこそ、汚れのない有紀のような女に惹《ひ》かれるのだ。

「——恋愛のコーチっていうのは難しいんだよね、実際のところ」

仁政が言った。

事務所である。仁政は大きな電話セッションをひとつ終え、ソファーにだらしなくよりかかって休憩している。

テーブルの上には山盛りのフルーツサンド。美味しそうだがまだ手をつけてはいけない。羽菜子はたとえ仕事中の休憩であってもきちんと盛り付け、全員が座ってお茶が揃ってからでないと食べるのを許さないのである。

羽菜子と所長はキッチンで楽しそうにお茶を淹れている。お茶が来るまでことりと仁政は待ての態勢である。

「俺は苦手。どうすれば好きになってくれますかって言われてもわからんよ。こっちにできるのは、嫌われないようにすることくらいだね」

「書店には男はこういうもの、女はこういうものって恋愛指南本があふれかえっていますよ。そういうのは参考にならないってことですか？」

「最大公約数的な傾向としては参考になるけど、個人の性癖は簡単に直らないからな。恋愛は言葉じゃない要素が大きいから、コーチングとは相性悪いんだよ。匂いが好きとか、食べ方が好きとかさ。別の人が同じ食べ方したからといって好きになるわけでもないし、嫌いになるとそこが大嫌いになったりする」

「そういうのはわかります」

時村のやけに生々しい恋愛論を聞きながら、ことりはうなずいた。

こっそりと自分の乏《とぼ》しい恋愛の記憶を掘り起こす。強引な男だった。執着はなかったが好きだったと思う。彼を励まし、彼の望みが叶うように助けた。そして目標を達成したらお互いに冷めた。あの男は今何を考えているのか。恋人のひとりでも作っているのだろうか。

「ことりちゃん、恋愛指南本とか読むの？」

「仕事ですから」

ことりは答えた。

ことりは新しい依頼が入ったら書店に走る。カサノバからの依頼を受けて、ことりのデスクには何冊かの本が積み上がっている。女性を落とすためのテクニック、といったようなものが主だが、どうやら選び間違えた本が何冊かあって、読んでいてげんなりする。

女性が男性を落とすためのテクニック——連絡が来てもすぐには返すな、清潔感を欠かすな、意外性のある女になれ、というようなもののほうがすんなりと頭に入る。ことりが女性だからだろう。なるほど自分の恋愛がうまくいかなかったのはこのせいだったのかと今さら思い至っている。

いちばん問題なのは、ことりとカサノバの間にいいラポールを築けていないことだ。

カサノバは機嫌のいいときと悪いときの差が激しい。最初の電話セッションは途中で切られ、次はないかと思ったら、何事もなかったようにＬＩＮＥで次の予約を入れてきた。

ことりも悪かった。カサノバが依頼してきた意図がわからず、ついつい忠告するようなことを言ってしまった。

お互いへのリスペクトがないと励ましは成立しない。エキセントリックなクライアントには慣れているのだが、今回は対応に迷う。

「時村さん、カサノバさんの担当替わってくれませんか。カサノバさんだって、ひとまわり下の小娘に話を聞いてもらいたくないでしょう」

ことりは言った。キッチンからはコーヒーのいい香りが漂ってくる。

「むしろ小娘の恋愛観を知りたいんじゃないの？　女性コーチの指名だったんだよ

ね」

「そうですけど、わたしの恋愛観なんて参考にならないですよ。カサノバさんのお相手、すごいモテるみたいなんで。最初は軽いかと思ったら堅い女性だったので、意外性に惹かれたとか言ってました。清潔感があって、天然かと思ったら気が強くて、連絡してもなかなか返ってこないのに、会ったら優しい」

どこかで読んだなと思いながら言った。

「フランスの女優みたいだって言ってました。その譬《たと》えがまずわからない。正直、わたしとは違うタイプでしょう。そういう女性を好きになる男性のこともわからないですけど」

「フランスの女優ねえ……。なんつーか、ベタだな。付き合ってたけど別れたんだよね？　体の関係はあったの」

仁政は、言いづらいことほどなんでもないことのように尋ねる。

「――ないです。キスだけだそうです」

スルースキルには自信があるが、こういうことを言わされるのは抵抗があった。

「なるほど。プレゼントは？」

「ドレスをあげたけど着てくれないとか言ってたな……。今度聞いてみます。時村さん、この件、どうにかなると思います？　掘り下げたら別のものが出てくるでしょうか」

「俺にはわからない。理屈じゃない分、ウルトラCがあるのも恋愛だから」

「この前、目標を達成するためのウルトラCはないって言ってたじゃないですか」

「俺、そんなこと言ったっけ」

「いつもいろんなことを自信たっぷりに語ってますよ」

「――ことりちゃんはその点、力強さが足りないんだなあ。クライアントは自信をつけてもらいたいんだからさ、ハッタリでも嘘でもなんでも、あなたは素晴らしい人ですって言っちゃっていいのよ」

　割って入ったのは楠木である。

　楠木はカップが四つ載った盆を持っている。ことりと仁政の前にコーヒーの入ったマグカップを二つ、向かいに紅茶のティーカップを二つ置いた。

　所長の後ろには羽菜子がいた。取り皿を四つ並べ、おごそかに述べる。

「フルーツサンド、乾いてしまいますからお早めにどうぞ」

「いただきます」

　ことりと仁政は羽菜子に向かって声を合わせた。

フルーツサンドを買ってきたのは所長なのだが。この事務所のヒエラルキーのトップはどう見ても羽菜子である。

「美優さん、フルーツサンドを褒めたら嬉しそうだったよ。もうすぐ専門のお店を開くかもしれないんで、そうなったら店を閉めて、そっちのパートをやろうかなって言ってた」

所長はすっかりバー『美優』の常連である。高級クラブから場末のカラオケ喫茶まで、あらゆる場所に馴染《なじ》める男なのである。

「そういえば白雪さん、最初はバーのママから経営のノウハウを教わったって言っていました。可愛がられているんですね。ママさん、白雪さんについて何か言っていました?」

「ユキちゃんはいちばんの人気者だそうですよ。他のアルバイトの女の子とも仲いいみたいだしね。居心地良くていいバーだよ。ユキちゃんは最近あまり店に来ないから寂しいって言っていたなあ」

「他の女の子とも仲がいいっていうのはいいですね。白雪さんらしい」

「どこか応援したくなる人みたいだね。そういうのは大きな武器ですよ」

客だけではなく、同性の同僚から人気があるというのはいいことだ。白雪には人間的な魅力があるのだろう。

白雪はことりに最初に、ダメなところはダメだと教えてくださいと言った。嘘で褒められるのは嫌なんです。仕事仲間はわたしの事業なんて本当は興味ないから、厳しいことを言ってくれないんです。

そういえば白雪は、会社でどんな仕事をしているのだろう。仕事仲間と言われたとき、それは誰のことなのかとふと思った。

「白雪ちゃん、もうバーは辞めてもいいんじゃないの。会社とお店で手一杯でしょ。二匹の兎《うさぎ》はそうそう追えないよ」

「それは白雪さんが決めることとです。自分の意見は押しつけませんよ。何かあったら責任とれないし」

ことりはマグカップのコーヒーにミルクを入れながら言った。

「責任なんてとらなくていいんだよ。クライアントが嫌なら嫌って言えばいいんだから。選手と一緒に表彰台にあがるコーチはいないでしょ。栄誉も失敗も本人だけのもの。未来を決めるのは自分。人のせいにしないことが自分の人生を生きる第一歩。規約にも書いてあるからね」

楠木はキウイのフルーツサンドを口に運んでいる。事務所で四人揃って興が乗ると何かしら高説《こうせつ》をぶちたがるのである。

「そういうの、わかっている人ばかりならいいですけど」

ことりは言った。仕事には慣れたが、ときどき自分が他人の人生を変えようとしている、本来向かうべきでない場所へ導いているのではないかと思って恐ろしくなる。

「お言葉ですが所長、自己責任論には穴がありますよ。生きてれば誰かの世話にならないわけにはいかないですからね。励ましは楽になるために必要なんで、一時的にでも、誰かのせいって思ったほうが楽になるなら、思えばいいんですよ」

楠木と仁政はたまに意見が食い違う。根本的な考え方が違うようだ。どちらも語り口に説得力があるが、ことりはどちらにも賛同しないことにしている。

ふたりの真似《まね》をすることに意味はない。ことりはクライアントを引っ張るのではなく、よりそって一緒に悩むタイプのコーチである。ビジネススキルも社会経験も少ししかない身としては、そちらを目指すしかない。

「やっぱり白雪さんのアップルクリームサンドは美味しいですねえ。体によさそうです」

ふたりの論争をよそに羽菜子が言った。羽菜子は涼しい顔をしてフルーツサンドを口に運んでいる。赤い口紅が落ちないのが不思議だ。

白雪の作ったフルーツサンドの味は申し分なかった。パンが柔らかい代わりにクリームが硬めで、甘く煮たアップルやキウイが挟まれている。フルーツによってクリームの種類を変えているようだ。小腹がすいたときのおやつにしてもいいし、ふたつ買って軽食にしてもいい。

白雪はフルーツを青果市場に買い付けに行っている。パンは自分でも焼くが、お店を出すときには個人経営のパン屋に焼いてもらうことになっている。

今のところ白雪のお菓子を買えるのはバー『美優』だけだ。お菓子を売る日には白雪が早起きをしてフルーツサンドや焼き菓子を作り、美優に届けてから会社に行っているということである。寝なくても平気な体質だと言っていたが、まったく白雪は働き者だ。

――そういえば、カサノバの別れた恋人の名前はユキといった。白雪の本名と同じである。

「羽菜子さん、モテますよね。男性が別れた女性の心を取り戻すのって、どうしたらいいと思いますか？」

ことりはふと羽菜子に尋ねてみた。

羽菜子は男性に人気があると思う。容姿もそうだが、どこか男性が逆らえないような雰囲気がある。

羽菜子は唇についた生クリームをぺろりとなめた。

「わたしは、別れた男性のことは記憶から消去します」

「そうですよねえ」

「しつこいのは最悪ですね。その時点でゴミ箱からも消します」

「え、別れた時点ではゴミ箱に残しておくんですか」

「後で役に立つかもしれないので」

「そうですか……」

ことりは話の内容より、羽菜子の自信に感心した。モテる女にとっては忘れることが勝ちではないのか。

「——そういえばことりちゃん、引っ越すんだよね。引っ越し先決まった？」

仁政が尋ねた。

この男はいつもタイミングが絶妙で嫌になる。

「ぼちぼち探している感じです」

「ことりちゃんは自分のことになると決められないんだよねえ」

楠木が紅茶を飲みながら言う。ことりの話はしないでくれと願っていたらインターホンが鳴った。

「——あ、俺出るわ」

羽菜子がカップを置こうとするのを制して、仁政が立った。

仁政は来客があると電話セッション中でない限りは自分が出ようとする。この事務所がうさんくさいということをわかっていて、羽菜子とことりを行かせないようにしているらしい。こういうところはジェントルマンである。

「所長、また通販ですか」

「んー、今頼んでいるのはお徳用メンズパックと北海道のいくらの塩漬けとイタリア製のランチョンマットだけど、お届けは今日じゃなかったような気がするなあ」

仁政は玄関へ行き、ドアを開けている。

少し驚いたような雰囲気があった。

「ことりちゃん、白雪さん」

仁政がことりを呼んだ。

開けた玄関の隙間から、女性らしい影が見える。

「——はい」

ことりは慌てて食べかけのフルーツサンドを皿に置いた。

羽菜子がさりげなくフルーツサンドの大皿を手前に引っ込める。事務所は変則的な2DKである。玄関から中は見えないものの、バーでしか売っていないはずのフルーツサンドを所員が談笑しながら食べていたということを白雪が知ったらいい思いはするまい。

「白雪さん、こんにちは。――いらっしゃるならご連絡していただければ」

口を拭《ふ》きながら玄関へ行くと、白雪が立っていた。

白雪と会うのは二度目である。

一度目でも思ったことだが、Ｚｏｏｍの映像よりも美人だ。柔らかそうなカットソーとパンツ姿で、髪はゆるく結んでスカーフで巻いている。同じようなラフな格好でも、自分とまったく違うのはどういうわけか。

「すみません、急に思い立ったものですから。これ今日作ったお菓子なんですけど、受け取っていただけたらすぐ行きます」

白雪は籠《かご》バッグから大切そうに白い袋を取り出している。

「お菓子ですか？」

「アップルパイとフルーツゼリーです。会社をお休みして作っていました。立花さんに味を見ていただきたくて。まだフルーツサンドしかお届けしていなかったですよね」

白雪のお菓子ならバーにあるものはすべて食べているのだが、そうは言えない。

「ありがとうございます。今度、感想を言いますね」

「忌憚《きたん》のない意見をお願いします。周りの人は美味しいとしか言ってくれないので。時村さんも、事務所の方も召し上がってください。たくさん持ってきました」

白雪は仁政と会うのは初めてのはずだが、まっすぐに顔を見て言う。

「どうも。頑張られているみたいですね」

やけに渋《しぶ》い声で仁政が答える。

白雪はふわりと笑った。

「おかげさまで。では失礼します。お忙しいところ失礼しました」

白雪は軽く頭を下げ、去って行った。

「ん――……」

仁政は玄関先で少し考えていた。

「どうかしました？　時村さん」

白雪が美人なので驚いているのか。ことりにも何かひっかかるものはある。

「――いや、勘違いだ。俺もいかんな、自意識過剰だわ」

仁政は首を振って部屋に戻っていった。

お菓子を開けると、楠木は目を輝かせた。

「美味しそう〜。フルーツゼリーは新作だよね！　楽しみだなあ」

「今日はフルーツサンドを食べてください。ゼリーは日持ちしますから、明日のおやつにします」

「ええー、そんなあ」

「所長、わたしのいない間にゼリー食べないでくださいよ。仕事ですから。食べたら感想お願いします」

ことりは楠木に釘《くぎ》を刺した。

仁政はフルーツサンドを食べ終わるとデスクに戻った。ＬＩＮＥかメールが来ていたらしく、手帳を見ながら返信している。

あらためてコーヒーを飲んでいると、白雪を見たときの違和感が何だか思い当たった。

ことりは少し前にフランスの女優たちの画像検索をした。カサノバの好みを知りたいと思ったのである。

ラフにまとめた猫っ毛、盛装ではないがうまく力の抜けたセンスのいいファッション。白雪は彼女たちと雰囲気が似ている。

『――そうですね。結局、金銭的な問題がいちばんのネックでした。ほかのことはなんとかなるんです』

白雪が電話口で言っている。

少し沈んでいるようにも思える。ことりは自宅のテーブルの前でインカムをつなぎ、ペットボトルの水をストローで吸い込む。

今日の電話セッションは夜にしてくださいと白雪のほうから指定があった。重大な決断の局面なのでことりも真剣である。テーブルの上には事務所の人形の小さいバージョンのものが置いてある。

「場所は申し分なかったんですね？」

『はい。三日前に会社のお休みをもらって、ドーナツ店の客層を見ていたんです。そこにわたしのお店が入ったらどうなるか考えながら』

「お疲れさまです。一日中見ていたんですか」

『その日は朝の七時から夜の六時までかな。フラフラになりましたけど、プランAの場所でもやったことですから。今回は駅前なので、ひとりで立っていても不自然ではなかったです』

「ええと……。三日前といえば、雨が降っていなかったですか？」

『午後から晴れました。駅ビルの軒に屋根があるので、傘をささなくてすんで助かりました。雨の日の状況も見られるから、逆に良かったと思って』

「頑張りましたね」

ことりが褒めると、白雪は笑った。

『二日前も午前と午後に分けて見て、昨日は会社が終わってから、閉店の夜の九時までいました』

「会社は何時で終わるんですか？」

『――定時だと、夕方の五時半です』

わずかな間のあと、白雪は言った。

『ランチの時間は空席がないくらいだし、買って帰る人も多かったです。ドーナツを朝食やランチにする人がいるんですね。夜はおみやげに買ったり、残業になった人が買ったりする感じで、常に誰かいます』

「売れているお店なのに、なぜそのドーナツ店は閉店することになったのでしょうか？」

『わたしも不思議に思って聞いてみたんですけど、経営していたご夫婦のご家庭の事情だそうです。年齢が高い方なんですね。売り上げが悪いからではないって。だからオーナーさんも、似たような感じのお店に入ってもらいたがっているんです』

白雪は抜かりがない。ことりが不思議に思うことは先手を打って調べている。ことりの意見など要らないのではないかと思う。

「白雪さんは当初、手作りのお菓子を売る小さなお店を、のんびりとやりたいと仰っていましたよね。それが夢だった。プランBになると売り上げ重視になって、理念が変わってしまうかもしれません。それはいいのでしょうか」

ことりは白雪のノートを開き、注意深く尋ねる。

白雪は数秒考え、ゆっくりと口に出した。

『最初は、気に入った方に食べてもらえればいい、せっかく調理師の免許を取ったんだから、数年だけでもいいから夢を叶えたいって思っていました。でもあの場所でランチにドーナツの袋を持って帰るお客さんを見ていたら、もっとたくさんの人に、わたしのお菓子を食べてもらいたい、知ってもらいたいなって思ったんです。

あと、これだけ綿密に計画を立てているんだから、成功したい。利益をあげたいです。協力してくださる人たちのためにも』

「なるほど。そのほかにどんなことを考えましたか？」

ことりは尋ねた。

理念は自分で考えて口に出すことに意味がある。終日店を見ていたなら、考える時間は嫌になるほどあっただろう。

『あの店のドーナツを食べてみたんですけど、正直、わたしのお菓子のほうが美味しいと思いました。なのに、なんであの店のドーナツは売れているんだろうって』

「なぜ売れていると思いましたか？」

『売れる理由って味だけじゃないんです。店頭でワンコインセットを出していて、忙しそうな会社員が買って行くんです。近くにコンビニもありますけど、朝と昼はレジに行列ができます。あの店のほうが早いんですよ。フルーツサンドはドーナツよりもヘルシーだし、見た目も可愛いですよね。工夫次第で、もっと売れると思いました』

「白雪さんの気持ちはプランBに傾いているようですね。このことはお母さまに話しましたか？」

ことりはノートに白雪の言葉を書きながら尋ねた。

『応援してくれています。母の友人の娘さんがアルバイトで入ってくれるし、声をかければもう数人は集まると思います。美優さん――バーのママも手伝ってくれるって言っていたけど、それはさすがに。でも気持ちは本当にありがたいです』

白雪は周りに恵まれている。銀行の担当者や不動産業者も親身になって考えてくれるようだ。楠木が言った通り、白雪にはどこか応援したくなる雰囲気がある。

「わかりました。問題は資金ですね。具体的な不足額は？」

『貯金と公庫に加えて、百万円あればなんとか。銀行から借りることはできます。できれば借りたくないんですけど』

「――百万円」

ことりはつぶやいた。もちろん大金だが、思っていたより少ない。

「銀行によっては、中小企業や個人事業主が優遇を受けられる融資のプランがありますよ。そういうものは検討しましたか？」

『いいえ。知りませんでした。どこの銀行ですか？』

「以前、別件で調べたことがあります。地方銀行や信用金庫だと、検索しても出てこないんですよね。事務所で確認して送付しましょうか」

『お願いします。早めに送っていただけますか？　近日中に行きます』

「明日送ります。銀行や不動産業者には、できるなら一人でなく、他の方も同席したほうがいいと思います。お母さまでもいいですが、周囲に多少なりとも経営に詳しい人、白雪さんと利害関係がなくて数字に強い方はいませんか？」

ことりは言った。

白雪はプランBを気に入るあまり、少し浮き足立っている。そうでなくても何かの契約を結ぶときは第三者の目があったほうがいい。相手に悪意がないとも限らない。

『数字──っていうか、貿易会社を経営している男性がいますけど……』

白雪はためらいがちに言った。

「その方に一緒に行ってもらうわけには？」

ことりが言うと、白雪は少し寂しそうに声を低くした。

『別れちゃったから……。向こうも忘れていると思います。別れを切り出しておいて、都合のいいときになったら頼るなんて、虫がいいですよね。でもほかに思い当たる人はいないわ』

「お付き合いされていた方なんですか？」

『結婚を申し込まれていました。ビジネスの経験が豊富で、頼りになる男性です。甘えてしまいそうだから、別れるしかありませんでした』

「貿易会社というと、事務所はたとえばどこなんでしょうか」
『六本木だそうです。行ったことはないんですけど』
「まだ好きなんですか」
『そうですね……。好きかもしれません』
　好きなのか。ことりは驚いた。モテる女というのは、昔の恋人をゴミ箱に入れても
すぐには空にしないものなのか。ことりだったら別れると同時に完全消去している。
「恋愛感情はともかくとして、相談してみたらいかがでしょうか。ひょっとしたら、
その方も連絡を待っているのかもしれないですよ」
　その男性、園田良明さんという方ですかと聞きたいのをことりはこらえた。
　もしもカサノバだったとしても白雪なら押し切られることもないだろうし、あの強
引さは銀行と対峙《たいじ》するにはいいかもしれない。もう一回会えばカサノバのプライドも
おさまるのではなかろうか。
　良明は銀座のカフェへ向かって歩いていた。
　焦ってはいけないと思っても、スマホを握りしめる手に力がこもる。
　数日前、ついに有紀から連絡が来たのである。

アウディを停《と》める場所を探すのに手間取った。良明は銀座の駐車場事情を罵《のの し》りながら歩き、ついでに近くのホテルを確認する。こんなに待たせたのだから、今日はホテルを嫌いだとか言わせない。

有紀と別れてから一ヵ月近く。長いようでもあり短いようでもあった。おそらく有紀のほうも良明に会いたいのを我慢していたのだろう。衝動のままに追いかけなくてよかった。

会うのはこちらのタイミングではなく、お相手が決めることではないでしょうか——と言っていたのは立花ことりだったけれども。

つまり立花ことりを巻き込んだことも含めて、良明の判断は間違っていなかったのだ。

ことりは、良明——カサノバの恋愛相手が有紀だということをわかっている。

良明は機会を見つけて、相手は——有紀は、ときどき口を滑らせながら——戸越のマンションに住み、会社員をやりながら五反田のバーに勤めていて、洋菓子店を開くのが夢だと言ってきた。彼女を愛していて、夢を応援したい、自分なら助けることができるということもしっかりと訴えた。

さっさとそのことを有紀に伝えてほしいのに、ことりは迂遠《う えん》に話をすすめてくるから、余計なことを喋ることになる。

『カサノバさんにとっての恋愛は、仕事と同じですか？』

「似ていますね。買い付けですからね。原石を探すのが得意っていうのかな。これは売れると思うものは逃さないし、逃しちゃいけないんですよ」

『そういった恋愛をたくさんしてきたということですか。その女性だけではなく』

「もちろんですよ。だいたい成功しますね。俺は勘はいいんですよ。さもなきゃひとりで六本木で事務所なんて持っていられません」

『なるほど。仕事をする上で大事なものはなんですか？』

「大事なのはスピード感です。直感を大事にして、考えるのは手に入れてからって感じですね」

『カサノバさんは情熱家なんですね。手に入れるというのはご結婚されるということですか』

「――そうですね」

『でも独身でいらっしゃる。ご結婚歴はないということですが、それは、これまでに女性を手に入れたことがないということになりませんか』

立花ことりはときどき、癇《かん》に障《さわ》る質問をする。

「結婚の約束をしたあとで別れることもあるでしょう。商品でいったら、もう売れないと思ったら終わりですから、次へ行きますよ」

『これまでも女性と付き合って、手に入れたと思ったら別れてきたということですか』

「それはみんなやってることじゃないかなあ」

『有紀さんにはプロポーズされたけれど、これまでの方にはしていなかったのですね』

「それは、本気で結婚したいと思ったのは有紀が初めてだから」

少し舌がもつれたが嘘ではない。今の妻は子どもができたので仕方なく結婚しただけである。ほかの女にもプロポーズしたことはあるが本気ではなかった。

女という生き物は、愛している、結婚してほしいという言葉が大好きだ。実際に愛されたり結婚したりすることよりも好きなのではないかと思う。そう言えばどんな女だってふらりとする。たとえその言葉が嘘であろうとも。

「ぼくはふられたことはないんですよ。女性にとっては悪い男かもしれないけど、一緒にいるときは相手のことを第一に考えています。大事なのは主導権を自分で握るってことでね。付き合うのも別れるのも自分からです。

会社を辞めるときも、将来絶対に六本木のマンションに事務所をもつって思って、その通りになりました。――まあ、手に入れたら意外としょぼいとか、けっこう重くて、捨てるに捨てられなくて困るってものもありますが。それもそのうち役に立つでしょう」

自分の恋愛観、仕事観を語るのは楽しい。ことりは聞き上手なのでなおさらだ。ひょっとしたら探りを入れてきているかもしれないので、ときどき、有紀への思いを強く語ることにしている。

有紀は結婚願望はないと言っていたが、三十歳の女性である。まったくないということはないだろう。だから良明はプロポーズしたのである。

何回か関係をもったあたりで良明は結婚指輪をつける。女は良明が既婚者だと気づいてわめきたてるが、ずっとつけていたから気づいていると思っていたと言えば終わりである。別れを告げられるならそれだけの女だし、割り切った付き合いをしてくれればもっといい。

有紀に対しては三ヵ月もその機会がなかった。どうしてもできなかった。いざというときに限って電話がかかってくるのである。それだけは不思議で仕方なかった。

「実際、結婚すれば全部解決すると思います。ぼくには金があるしね。有紀はね、金のない女なんです。母子家庭なんで。たぶん男性不信があるんでしょうが、ぼくのことだけは信じてもらいたいんです」

『カサノバさんは、これまでに手に入れたものを大事にしていますか？　恋愛に限らず』

「――もちろんです」

そう答えたとき、半月ほど会っていない娘の顔を思い出した。

『まだその彼女――城田《しろた》有紀さんのことが好きなのですか？』

「もちろんです、愛しています」

良明は力をこめて答えた。

有紀から連絡が来たのは、ことりと話した次の日だ。何やら店のことで迷っていて、相談したいことがあると言っていた。

有紀は何かのはずみでことりに良明のことを漏《も》らしたのだろう。そしてことりがこう答える。その男性が気になるのなら、連絡をとってみたらいかがですか？　その人もまだ、有紀さんのことを愛しているのかもしれないですよ？

有紀はことりの言うことには素直に従う。まったく腹が立つほどに。だから良明は逆にそのことを利用してやろうと思ったのだ。

間違っていなかった。良明のやりかたはいつだって正しい。良明はことりに感謝する。

感謝はするがもう用済みである。今日有紀と会い、うまくよりが戻ったら、適当なところでことりとの契約は打ち切る。それで終わりだ。

約束には五分遅れた。有紀は別れを告げられたのと同じカフェの前で待っていた。最初、有紀だと気づかなかった。いつものパンツやカットソーではなく、黒いワンピースを着ていたのである。

「良明ちゃん」

有紀はにっこりと良明に笑いかけた。

「久しぶり。——中で待ってると思ってた」

「歩きながら話したかったの。言ったでしょう。相談したいことがあって。わたし、ずっと悩んでいたの」

有紀は自然に歩き出す。良明も横に並んだ。有紀は小柄で、背丈は良明の肩くらいまでしかない。午後の日差しに照らされて、有紀のなめらかな頰が光っている。

「いつもの人には相談しないの？」

「その人にも言われたの。自分の気持ちに素直になったほうがいいですよって。わたし、どうしても良明ちゃんのことを忘れられなくて。やっとそのことに気づいたの」

良明は内心を押し隠し、さりげなさを装う。

「それは光栄だな。とはいっても俺も忙しいから、これまでと同じというわけにはいかない。別れを言い出したのは有紀なんだからな。復縁するなら大人の付き合いをしたい。話はそれからだよ」

「わたしを大事にしてくれる？」

「もちろんだよ」

「ありがとう。頑張ってきたけど、結局、いちばん頼りになるのは良明ちゃんみたいな人なんだよね」

有紀は良明を見上げた。

「――で、どうしてもお願いしたいことって何？」

「銀行に一緒に行ってもらいたかったんだけど……。会ったらそういうの、どうでもよくなっちゃった。ふたりでいられればいい」

「おいおい、頼りになるって言っておいてそれはないだろう」

有紀は笑った。良明と有紀は見つめ合う。有紀の着ているワンピースは良明が贈ったものだ。有紀によく似合っている。見下ろすと華奢《きゃしゃ》な鎖骨と、意外と豊満な胸が見える。

道の行く先に新しいホテルの看板が見えている。良明は内心で快哉《かいさい》を叫ぶ。

ことりは駅前の広い歩道に立っていた。

ターミナル駅ではないが、すぐ近くに地下鉄の駅があり、賑わいがある。駅ビルの軒先に入れるのが幸いである。

大手企業の建物が近くにない代わり、小さな会社がたくさんある。通り沿いには中小企業の自社ビル、駅ビルも半分オフィスビルになっていて、スーツ姿の会社員や女性たちが早足で駅を出入りしている。

会社が多いので人が多い。そのわりには賃料が安い。白雪はよく調べている。目当ての賃貸物件はビルの一階にある小さなドーナツ店だった。ことりの立っている場所から、道路を挟んでギリギリ見える場所だ。大通りからは一本奥まっているが、地下鉄の出入り口が近いのと、少し離れたオフィスビルまでの近道になっているので、人通りが絶えない。

ことりが立ち始めてから一時間ほど経過している。地味なパンツスーツとトレンチコート、革のトートバッグを持った姿でスマホを見ていれば、誰かと待ち合わせをしている女性会社員にしか見えないはずである。

十二時に近くなるにつれ店に人が増えてきた。少し離れたところにコンビニもあるのだが、白雪が言っていた通り、忙しい会社員はレジで待つ時間を惜しんでいるようだ。

「――ことりちゃん、どう」

声をかけられて、ことりは顔を向けた。

歩道に大型スクーターが止まったところだった。HONDAの黒のフォルツァ。乗っているのは男だ。黒いヘルメットをつけているが、この美声は考えるまでもなく仁政である。

「時村さん、来たんですか」

「天気が良かったからね」

仁政はヘルメットをはずしながら言った。

黒い大型スクーターを歩道のすみに停まっている自転車と並べる。停めていい場所なのかどうかはわからないが、すぐにどこかに駐車できるのはバイクの利点である。

「白雪さん、今日、契約するんですよ。その前にわたしも見ておこうと思って」

ことりは言った。

仁政はドーナツ店を気のない様子で眺めた。ちょうど手に財布だけを持った女性が店に吸い込まれていくところである。

「ことりちゃんが見ても意味ないと思うけど」

「すすめるからには一回は見ておかないと、自信を持って励ませません」

「白雪ちゃんを信用していないってこと？」

「まさか。白雪さんは頭のいい女性だし、行きたい道へ向かって正しい努力をしています。たまにフェイクを入れることはありますが」

ことりはバッグからさきほど買ったドーナツの小袋を出した。

ドーナツひとつ、マフィンひとつと野菜ジュースのワンコインセット。これも白雪の言った通りだ。

仁政は袋を受け取り、ドーナツをぱくりと食べた。

「味はいまいちかな。美味しいけど、白雪さんのアップルクリームサンドのほうがいい」

「わたしもそう思います」

「カサノバさんは？　今回のお金、結局カサノバさんが出したんだろ」

「わかりません。カサノバさんとの契約は終了しましたから」

カサノバとの契約は一週間前に打ち切った。結局三回しか話していないことになる。

カサノバは上機嫌だった。有紀とはうまくいきそうです、これも立花さんのおかげですと言われた。

それから立花さん、もう少し色気があったほうがいいと思うな。ぼくは立花さんは可愛い人だと思っているんです。なんなら一回デートしますか？　お礼をかねてごちそうしますよ。

最後だったし、もう励ます理由がないので存分に喋らせた。カサノバは尊大だが陽気で、金払いがいい。女性には人気があるだろう。

カサノバが白雪に恋している理由は最後までわからなかったが、考えても仕方がない。白雪が魅力的だったと思うしかない。

「白雪さんとよりが戻ったからか。カサノバさんがことりちゃんに依頼したのも、最初からそのためだったのかね。ことりちゃんが白雪ちゃんのコーチだということを知って」

「そうだと思います。匂わせるのを過ぎて、恋愛の相手の名前は城田有紀って一回、口を滑らせました。カサノバさんはわたしのおかげだって何回も言っていましたし、偶然と考えるのは不自然です」

「きっかけはともかく、ことりちゃんはいい仕事をしたね。白雪さんとカサノバさん、ふたりとも目標を達成することができた」

「――そうですね」

「嬉しそうじゃないなあ。ことりちゃん、深入りしすぎなんだよね」

仁政はヘルメットをバイクのハンドルにかけ、呆れたようにことりの横に並んだ。

「昨日、バー『美優』に行ってきたよ。白雪さん、やっぱり会社員をやっているのは嘘みたいだね。高校卒業したあとずっと母親のバーを手伝っている。製菓の専門学校へ行っていたのは事実みたいだけど」

ことりは仁政を見た。

「――バーのママ……美優さんが、白雪さんのお母さん？」

「そう」

仁政は面倒そうに答えた。

白雪は本当に会社員なのだろうかと仁政に言ったのはことりである。

白雪がいかに精力的であろうと、あのフットワークは昼間に動ける人間のものである。会社の話をすることもあるが、どうにもリアリティがない。勤めているのが製菓会社なら、会社がらみの話が出てきてもよさそうなものである。

違和感は最初からあったが、ことりは追及しなかった。同年代の女性に対して、自分は夜の人間ではないのだ——大卒の会社員で、バーの仕事はアルバイトなのだ、と言いたい気持ちはわかる。小さな見栄だ。白雪が会社員だろうとなかろうと、白雪の夢とは関係ない。

白雪の母親がバーのママ——美優だということは考えてもみなかったが。そういえば美優は白雪に常に協力的だった。バーでも特別にお菓子を売っている。週三のアルバイトの女性に対するにしては協力的すぎる。

「母親は年金暮らしだって聞いていましたけど。美優さんだったんですね」

「年金を貰《もら》っているなら嘘じゃないね。今は一緒に暮らしてないし、客にはママの娘だってことは隠しているけど」

仁政はドーナツを頬張りながら言った。

ランチの時間を過ぎて、ドーナツ店はさきほどよりも人が集まっていた。イートインのスペースも満員のようだ。

ことりは朝にドーナツと一緒にコーヒーを頼み、飲んでみた。コーヒーはごく普通のドリップコーヒーだった。おそらく白雪の淹れたコーヒーのほうが美味しいのではなかろうか。白雪なら豆からこだわりそうである。

「だったらどうしてわかったんですか？」

「店で働いている女の子に聞いてみたんだよ。ユキちゃん、人気者だって所長が言ってたからね。こういうことを聞かれるのは初めてじゃないみたいで、ちょっと飲ませたら楽しそうに教えてくれた。有紀さんは相手を選ぶから難しいですよって。それ以外に面白いことも」

「面白いこと？」

「白雪ちゃん、恋人がたくさんいるらしいね」

「——そうかもしれません。お相手は誰ですか？」

仁政には人から話を聞き出すスキルがある。プロだから当然だが。

ことりはワンコインセットの袋からマフィンを取り出して食べた。ドーナツよりは美味しいが白雪のアップルパイには及ばない。

「食品会社の社長とか、銀行員、不動産関係の人もいたかな。恋人っていうか、あちこちの愛人やってたらしい。パトロン、パパ活ってやつか。——ことりちゃん、驚かないの？」

「白雪さんならそういうこともあるかもしれないと思ったので。話にいろんな人が出てくるんですよ。時村さんだってそう思ったから調べたんでしょう」

「白雪さんは会社員じゃないかもって言っていたのはことりちゃんですよ。バーは週三だし、会社員じゃないならどうやって開業資金を貯めたのか不思議でしょ。――俺、この間白雪さんに会ったとき、変な感じがしたんだよね」

「――フランスの女優みたいな？」

ことりは言った。

「そうそう。きっとそういうのがカサノバさんの好みでさ、狙っているのかなと思って。手のこんだナチュラルメイク、計算しつくされたラフなファッション、みたいな。プロ素人ってやつ。俺もやってたことあるからな。同業者の匂いがした」

「そういう余計な情報はいりません」

仁政にしては珍しいミスだ。尋ねられていないなら自分を語るな。

「もしかしたら白雪さんも、カサノバさんがわたしのクライアントになったって、知っていたんでしょうか」

「知っているかどうかはともかく、仕向けることはできるよね。カサノバさんの性格からして、会話のはしばしで匂わせておけば、ことりちゃんに連絡をとってくる。うちは検索すればすぐに出てくるから。白雪ちゃんにとってもことりちゃんを介して動向を知ることができる。まだ自分に未練があるのか、お金をねだったら出してくれるのか――」

「わたし、白雪さんと恋愛の話をしたことはほとんどないですよ。あったのは一回だけです。結婚を申し込まれていた男性がいたって。――連絡をとってみれば、ってつい答えちゃいましたけど」

「このあたりは想像だからなんとも言えない。俺が話を聞いた女の子だって白雪さんのファンだから、大げさに言っているだけかもしれないし」

ドーナツ店からは白雪が出てくるところである。

となりにはスーツ姿に眼鏡をかけた男性がいる。入って一時間ほどである。白雪の店になるかもしれない場所を案内しつつ、ふたりでコーヒーを飲んでいたということなのだろう。

白雪は髪を下ろし、白いコートを着ている。胸もとがやや開き気味だが、遠目に見ても清楚だ。白雪は店頭のドーナツを品定めし、男性は白雪を見つめ、優しくエスコートしている。

「――あれ、白雪さん？」

仁政が尋ねた。

「そうですね」

「男性は？」

「スーツを着ているから銀行の人じゃないかな。不動産会社の人とは夕方に会うはずだし。朝には別の人と会ってました。あるいはまったく関係のない人かもしれません」

朝に会っていたのはカジュアルな格好をした中年男性だった。手にカメラを持っていた。一時間弱を店のイートインで過ごし、駅の近くで別れた。しばらくしてから白雪は、今一緒にいる男性を伴って現れた。

白雪には無駄がない。わざわざドレスアップして男性とデートするなら、一日で何人かを並行してすませてしまったほうが効率がいい。

堅実な夢に向かって健気《けなげ》に頑張る三十歳の美人。応援したくなる男性は多いだろう。今は、店の候補である場所を見てもらうという口実もある。

「なるほどねえ……」

「その店の女の子はほかに、なんて言っていたんですか？」

ことりは尋ねた。

仁政は目を細めた。

「――有紀さんは結婚指輪をしている人とは付き合わないって。付き合ってから既婚者だってわかったら、百万円のバッグ買ってもらって別れるそうだよ。一回、相手の奥さんから訴えられそうになったけど、有紀さんは独身だって思い込んでいたから、逆に慰謝料とれたって。恋愛か愛人か知らないけど、相手は厳選していたんじゃないかな」

「カサノバさんのことは、面倒そうだからふったのかもしれないですね。でもいつでも利用できるように、キープだけはしておいた」

結婚指輪をしている人とは付き合わない。結婚している人ではなく。ことりはその言葉の意味をかみしめる。

わたし、不安なんです。この生活から抜け出せるんでしょうか――。

「白雪さんに恋人がたくさんいるということは、白雪さんのお母さん――美優さんは、知っているんですか」

「知ってる。ていうか、そういうのをすすめたのは美優さん。贈り物はもらえるだけもらっておけって。俺が話を聞いた子も、普通の会社員が、アルバイトでたまたまバーを手伝っているだけってことにしたほうが人気が出るからって言われて、それで通してる。

白雪さんには飲み屋の女っていう雰囲気がないよね。母親に恩はあるけれども、嫌なこともあったんじゃないかな。だから自力でお金を貯めて、学校へ通って、バーじゃない自分のお店を持とうとした。本気でホステスやればもっと稼げたと思うけど、それはやらないでさ」

白雪は店を出て、男性とこちらへ向かって来ている。

白のロングコートは華奢な体を包むドレスのようで、白雪によく似合っている。ことりに目を走らせ、かすかに笑った。

白雪はそのまま道を曲がった。男の車に乗るようだ。

「——白雪さんは、わたしを指名してきたんですよ」

ことりは白雪のうしろ姿を眺めながら言った。

わたし、立花さんと話すと安心するんです——白雪の言葉を思い出す。

「俺から担当を変わるときのこと?」

「そうです。覚えているでしょう。最初は時村さんの担当だったけど、女性に替わってほしいって言ったんです。いくらでも相談できる人はいたし、時村さんのほうが経営には詳しいのに、わざわざお金を払って、年下の、素人のわたしをコーチに指名したんです。

「――あの日はね、雨だったんです。白雪さんが、一日中、ここであの店を見ていた日。白雪さんは、雨の日の様子を見られてよかったって笑っていました。

今日、朝から見ていたけど、白雪さんの言葉に嘘はないです。経歴では見栄を張ったけれども、お店に関係することは本当だった。コンビニは混んでいたし、急ぐ人がランチにワンコインセットを買っていました。白雪さんは、不動産も、果物も、パン屋も、ひとりで探しました。男性を利用することはあっても、頼ることはなかった。そういう人です」

「――だろうね」

仁政はいつもの気のない様子で答えた。

フォルツァの収納を開け、二つ目のヘルメットを取る。

「乗りなさいよ、ことりちゃん。お店はきっとうまくいくよ。女性が恋人に何かを贈ってもらうのも、既婚者に騙《だま》されたら慰謝料を求めるのも、当たり前のことですよ。俺は白雪さんを応援するね」

「わたしもです」

ことりはうなずき、仁政からヘルメットを受け取った。

「――だからね、急に連絡がとれなくなったんですよ!」

良明は事務所で電話をかけていた。

夕方である。事務所の窓からは高架の灯《あ》かりが見える。いつもなら見下ろして悦に入るところだが、今はそれどころではない。

『有紀さんとは交際を再開されたとお聞きしましたが、違っていたということですか?』

電話の相手は立花ことりである。

契約は終わったのだが、有紀のことを話す相手としては、ことり以外に思い当たらない。

有紀とは一回ホテルへ行っただけである。その後連絡をとろうとしたら、電話番号が変わっていた。マンションも解約されて引っ越していた。バー『美優』へ行ったらもう辞めたと言われ、ママやほかの女性に聞いても行く先がわからない。

フルーツサンドは店では売られなくなった。どこかで洋菓子店を開いたのでは?と尋ねると、そういう話もあったがどこなのかは知らないという答えである。

有紀からは洋菓子店の場所を聞いていなかった。今度案内すると言われたきりである。

なにしろあのときは有紀とホテルへ行くことで頭がいっぱいだった。銀座の高級ブランドショップで新作のバッグを買ってやり、有紀から愛している、結婚したいと言われたのに感動して、その次にいつ会うのかも約束していなかった。

「もちろん復縁しましたよ。だからお店を開く相談にも乗ってあげたんです。資金も出してもいいと思っていました」

『資金を出してあげたのですか？』

「出すつもりはありましたが、有紀が要らないと言ったんです。無欲な女なんですよ。昔からそうでした。人から物をもらうのに慣れていないんだって。資金は自分でなんとかするから、相談にだけ乗ってほしいって言ったんです」

『さっき、新作のバッグを買ってあげたと仰っていませんでしたか』

「久しぶりに会ったんだから何か買ってあげたいと思うじゃないですか。有紀が、どうしてもと言うのならフランスでいちばん有名な店のものがいい、それ以外は要らないなんて言うから。見るだけのつもりだったけど、持ってみたら信じられないくらい似合ったんです。

有紀は泣きましたよ。嬉しいって。だから余計、どうしていきなり消えたのかわからないんです。有紀はどこにいるんですか。もうお店を開いたんじゃないですか？」

『わたしにはわかりません。存じ上げない方なので』

「知らないふりをするのはやめたらどうですか、立花さん。わかっているくせに」

『わかりません。その女性はかなりデリケートな方のようですね。もしかしたら何かにショックを受けたのかもしれないと思います』

「ショック？」

『たとえばですが、愛する男性が既婚者であったことに気づいたとか』

良明は電話を切った。

掌《てのひら》にどっと汗をかいている。

有紀には結婚しているということを告げていない。もちろんことりにも。良明自身も忘れていることなのである。ホテルで少しほのめかしたような気もするが、ことりには知られていないはずだ。

これまでに何回か、既婚者だということを知られて面倒なことになった。だいたいお金を握らせれば収まったのだが、収まらない女もいる。それが今の妻である。口説くときにプロポーズをしていたし、妊娠していたので、前の妻と離婚して結婚するしかなかった。

有紀にはまだ知らせるつもりはなかった。有紀は良明が既婚者であるということをどこで確信したのだろう。

油断してほのめかしたのが悪かったのか？　財布の中に入れている結婚指輪を見たのか？

スマホが鳴っていた。良明ははっとして右手に握られたスマホを見る。


パパ、たんじょうびおめでとう！


妻からだった。いつもと同じように娘の写真がついている。

まさか、妻が有紀に伝えたのではないだろうな——。

妻はどんなに浮気されようと、絶対に離婚はしないと言い張っている。

そういえば今日は誕生日だった。良明は事務所とは名ばかりの一室から静まりかえった六本木の灯かりを見下ろし、四十六歳の重みに怯《おび》えた。


ことりは電話が切られたのを確認すると、インカムをはずした。

仁政がバーで聞き込んだ通り、良明はやはり既婚者だった。契約を切っていたのは幸いだ。クライアントではないのでなんでも言える。電話を受ける義務もなかったのだが、これくらいはいいだろう。

有紀は、百万円はなんとか借りずにすみそうですと言っていた。てっきりカサノバが提供したと思っていたが、贈られたのは新品のバッグだけだったらしい。どうやって換金するのかはわからないが、直接お金をもらうよりもあとくされはなさそうだ。

「今のは誰？」

仁政が尋ねた。わかっているくせに白々しい。

「昔のクライアントです」

「ただいまー」

玄関に声がして、楠木が入ってくる。

十九時になっていた。ことりも仁政も、会社員の定時帰宅後の報告ラッシュを終えたところである。羽菜子は所長と一緒に事務所を出たが、そのまま帰ったらしい。

「どうでしたか、白雪ちゃんのお店」

仁政が尋ねた。

白雪の店はもうオープンしている。ことりは二回行ってコーヒーを飲み、フルーツサンドとアップルパイを買ってきた。白雪はマドレーヌをおまけに包み、これからもよろしくお願いしますと言った。

楠木が行くのは今日が初めてだ。

楠木はテーブルの上に紙袋を置いた。袋には、『フルーツサンドとお菓子の店　Apfel』という印が捺《お》してある。林檎の絵がついたさりげないものだ。白雪はセンスが良い。

「賑わってるねえ。並んだよ。美優ママもいたよ。今日はきっとバーは休みだね。白雪ちゃんエプロンつけて、とっても可愛かった。羽菜子さんもおみやげにアップルパイ買ってたし、あれは人気出そうだね」

「わたしもそう思います」

ことりは言った。所長よりも羽菜子の太鼓判のほうが信頼できる。

「あー俺、フルーツサンドだけでいいわ。ダイエット中だから」

仁政が手を振った。

「過剰なルッキズムは目標達成の障害になりますよ、時村さん」

「日常的な健康管理はいい仕事をするための初手《しょて》」

「大丈夫大丈夫、ぼくが食べるから。明日の朝ごはんにもなるしね」

楠木はキッチンに入り、丁寧にコーヒーを淹れている。

ソファーに座り、看板メニューのアップルクリームサンドを口に運ぶ。りんごは甘酸っぱく、クリームは柔らかすぎずちょうどいい。以前よりも美味しくなったような気がする。

ことりはテーブルに並んだお菓子を眺め、白雪の店が繁盛するように祈った。

No.3

小説家になりたいジェインさん

『本名じゃないほうがいいんですか？』

電話口のクライアントが喋っている。

茅野《かやの》詩織《しおり》、三十三歳、女性、小説家志望。クライアントネームの希望はなし。やや早口の声は少し聞き取りづらい。

「事務所の方針として、基本的にはクライアントネームを使うことになっています」

ことりはインカムのマイクを持ち、彼女の早口にひきずられまいとして、あえてゆっくりと声を出す。

『それはどうして？』

「そのほうが事象を客観的に見やすいという判断です」

『名前をキャラクター化する――人ではなく記号として見る、ということでしょうか』

「そうですね。茅野さんとわたしの記号という概念が同じであれば。もちろん本名でもかまいませんし、こちらでつけさせていただいてもいいです。小説家志望ということなので、ペンネームのようなものがあれば、それがいちばんいいかもしれません」

『ペンネームは決めていません。そちらでつけるというと、たとえばどんな？』

詩織は強い口調で尋ねた。

ことりは手元のノートに、質問に質問で返す、ファイターのタイプと書きつける。

そういうクライアントは珍しくない。当然である。専門的な資格を持っているわけでもない年下の女性に、おいそれと心を開けるわけがない。誰でも最初は相手の出方を窺うし、窺い方には何パターンかある。

攻撃的なのは悪いことではない。受け身でない、やる気があるということだからだ。

「では、ジェインさんではいかがですか？」

『その名前はどこからとったのですか。エアですか、オースティンですか』

「――深く考えていなかったのですが。どちらかといえばオースティンのほうですね。ジェイン・オースティン。最初に浮かんだ女性の小説家でした」

『わかりました。それでいいです』

ジェイン・エアではだめなのか。ラブコメ好きだったのか。ことりは冷や汗をかく思いでシャーペンを握りしめる。

クライアントネームを提案するときはあまり考えず、思いつきで答えることにしている。ことり自身の勘が試される場面でもある。どちらにしようか迷ったのだが、結果的にはよかったようだ。

「ではジェインさんとお呼びします。ジェインさんは小説家になりたいのですね。そのために何をしたらいいか整理していきましょう。まず、過去やってきたこと、将来達成したいこと、そのために今やるべきことを――」

『今日は試しに電話してみただけで、ずっとお願いするかどうかは決めてないです。最初から、そんなことまで話さなければならないんですか？』

「いいえ。話したくないことを無理に話す必要はありません。では質問を変えましょう。そうですね――ジェインさんの価値観、大事に思うものは」

『失礼ですけど、立花さんは出版業界のことは何も知らないですよね。そういう人に有益なアドバイスができるとは思えないんですが』

ジェインはことりの言葉を遮った。

ことりは少し間を置き、ゆっくりと言う。

「もちろんジェインさんの目指す業界のことはわたしにはわかりません。それは、どのクライアントに対してもそうです。でも励ますことはできます。人は弱いので、ひとりではなかなか意志を貫けません。わたしはクライアントにアドバイスをするつもりはなくて、応援する人、一緒に成功への道筋を考える人でありたいと思っています」

これはよく訊《き》かれることなので、すらすらと答えることができる。

二年前まで編集プロダクションで働いていたのだが、それは言わないことにする。どちらにしろことりは挫折《ざせつ》した側の人間である。

『立花さん、本は読みますか？　さすがに本を読まない人に、小説について語るわけにはいきません』

「多いか少ないかはわからないですが、読書は好きです。小説だけなら月に二、三冊。そのほかも含めれば十冊以上は読んでいると思います」

ことりは新しいクライアントと仕事を始めるたびに書店へ通っている。どんな属性の目標であっても関連した書籍は出ているし、一冊では偏《かたよ》りが出るので、スタンスの違うものを数冊は必ず読む。

片付けマニアの羽菜子に読み終わった本は定期的に処分されてしまうが、電子書籍がなければ事務所も自宅も大変なことになっていると思う。

『出身大学と学部は？　ご出身はどこなんですか？　高校は公立？　まさか高卒じゃ

ないですよね』

「出身は埼玉県で、公立高校です。大学では国文学を専攻しました」

ことりが自分が卒業した私立大学の名前を言うと、ジェインは少し黙った。尊敬も軽蔑《けいべつ》もできない微妙なラインだったらしい。

『前歴は？』

「以前は株式会社ライトノーツに勤めていました。星秀社《せいしゅうしゃ》の系列の編集プロダクションです」

『星秀社？　大手ですよね。さっき出版業界のことはわからないと言ったじゃないですか』

「勤めていたのは三年だけなので」

正社員ではなくて、契約社員だった。ライターとして何冊か企画と執筆に携わっていたということを言う必要はあるまい。きっと混乱する。考えるまでもなく、ジェインは肩書きにこだわるたちである。

『マスコミ志望で、大手出版社は就職活動で落ちたってことですか？』

「そうです。実力不足でした。その後いろいろありまして、この事務所でコーチとして働いています」

『ふうん……。いろいろというのはなんですか』

「それは申し上げないことにしています。この仕事を選んだのは人との関わりが好きだからです。わたしの経験は浅いですが、事務所にはプロフェッショナルの男性コーチが二人います。ジェインさんがよろしければですが、彼らとも相談しながら目標達成へ向けてすすめていくことになります。もちろん守秘義務は守ります」

ことりは慎重に言った。

個人情報はできれば明かしたくないのだが、嘘をついては信頼を得られない。相手のことを根掘り葉掘り聞いておいて自分は何も言わないのもアンフェアだと思う。相手に心を開いてほしければ、まず自分の心を開かねばならない。

『ふうん……。わたしは西北大学なんですよ。一文です。今は父の助手を務めています。父は研究者なので。三年ほど前までは丸の内の商社に勤めていましたけど、生活のために無理に働く必要もないので』

「そうですか」

『父と兄は東京大学を出ています。両親ともに代々、東京に住んでいます。兄は報道記者、妹は国家公務員で、文部科学省に勤めています。母方の祖父は国文学の研究をしていました。だから、わたしは一家の中じゃ落ちこぼれなんですよね』

「そうですか。落ちこぼれなんてとんでもないですよ。わたしは平凡な家庭で育ったので想像もつきませんが、ジェインさんは知的な環境で過ごされたのですね」

『いえ、普通ですよ。東京といっても世田谷区の端のほうなので、たいしたことはないんです。家も大きいだけで、古いので使い勝手は悪いですし。まあ台所を使うのはお手伝いの女性ですし、港区にマンションがあるので、面倒なときはそちらに行くんですけどね。

で、さきほどの続きですけど……。わたしの価値観についてでしたっけ？』

ありきたりなマウントを終え、ジェインの口調がやわらかくなった。自分の家族、育ちに誇りを持っているのだろう。これはおそらくジェインの、初対面の人間に対して行う儀式である。

「はい。定番の質問なのですが、たとえばジェインさんが今、次の中でいちばん欲しいと思うものはなんでしょうか。あまり考えずにお答えください。お金、人、地位や名声、趣味の充実、精神的な安定」

『お金、人、地位名声、趣味、精神的な安定』

ジェインは自分に言い聞かせるようにつぶやいた。

「そのほかに思いつくものがあればそれでもかまいません。この言葉ではぴったりこない、ということもありますよね。オプションになりますが、ご希望なら性格診断を受けていただくこともできます」

ことりはゆっくりと言った。

ジェインは言葉に敏感である。喋る内容も、口語よりも文語のようだ。考えずに答えろと言ってもそれは無理で、いったん自分で咀嚼《そしやく》してから口に出すタイプだと思う。つまりことりと同じだ。

『——夢というのは趣味のうちに入るのですか？』

ジェインは数秒考えてから言った。

「人によりますね。ジェインさんの夢というのは、小説を書くことですか？」

『小説家になることです』

ことりは小さくうなずき、そのままの文章をノートに書いた。

「では、お金や人間関係をあとまわしにしても、小説家になりたいと思いますか？」

『小説家になれば、お金や人間関係はついてくるものだと思っています』

「——なるほど」

ことりはノートに書いたいくつかの概念のうち、少し迷ったのちに、地位や名声、という文字に丸をつける。

小説を書きたいではなくて、小説家になりたい。何かをやりたいのではなくて、新しい肩書きが欲しい。肩書きを得るためのほうが目標は立てやすいが、やりたいから、のほうがモチベーションが持続する。

欲しいラベルとしてなぜ小説家という職業を選んだのか。家族に誇りを持っているが、一家の中では落ちこぼれである、という言葉と関係があるのか。それはいずれ話す機会があるかもしれない。

ノートの上のほうにはもう一ヵ所、文字の羅列《られつ》がある。ことりが電話をかける直前に書き付けたものだ。

いつ・どこで・誰が・誰と・どういう理由で・どのようにして・何をした。質問事項の基本である。ことりのボールペンの先が数秒さまよい、いつ、という文字の上で止まる。

「ジェインさんが初めて小説家になりたいと思ったのはいつですか？」

ジェインは少し黙り、考えた末に切り出した。

『……二年くらい前です』

ジェインの声は最初よりも穏やかになっている。こういう話をしたのは初めてなのかもしれない。ことりはジェインを傷つけないよう細心の注意を払い、事務的に話をすすめていく。

「――どうだった？」

電話を切ると、向かいにいる仁政が声をかけてきた。

「ん――、悪くなかったかな」

ことりはインカムを外しながら答えた。

長く話すとジェインは素直になった。攻撃的だったのは思った通り、緊張して身構えていたからである。

ジェインは都内の実家で暮らしている独身女性である。三年前――三十歳まで大手の商社に勤めていたが、体調を崩して退社。現在は理系の研究者である父親の手伝いをしている。とはいっても研究所に行くのは週に一回か二回程度で、普段は家にいるらしい。

裕福なので特に働かなくてもいい、生活のために働く必要はないと詩織は強調した。商社では内勤だが重要な仕事を任されていた。男性に裏切られたことがあり、結婚をする気は今のところない。

退社してしばらく経《た》った二年前、思い立って小説を書き始めた。そのことは家族に内緒にしている。この二年で短編を二作書いたものの、それ以来筆がすすまず、サイトで楠木はげまし事務所を見つけてメールをしてきた。

育ちが良くて優秀な分、プライドが高くて、下手に出ることに慣れていない。そういうクライアントにとっては先生と呼ばれる人間より、見下せる相手のほうが安心する。

楠木所長がたいした経歴のないことりを雇ったのは、そういうことも見越した上だったと思う。

「小説家志望か。複雑な気分だが、深く考えないことにしている。

「珍しくないんだよね。孤独な作業だから、誰かに意見を聞きたくなっちゃうんだろうなあ」

「珍しくないんですか？　わたしは初めてですよ」

ことりは言った。

クライアントの目標の中で最も多いのはダイエットと筋力トレーニングである。本人の生活習慣と性格を見極めて目標を立て、精神と肉体の健康に気をつけながらうまく誘導すれば、順調に目標を達成できる。コーチにとってはやりやすい仕事だ。

「多くもないけどね。プロのクリエイターも何人かいるよ。どこかのコミュニティに入って友達を作れるタイプならいいけど、そうじゃない人が多いし、同業者はライバルだから相談しにくいんだろうね」

「アマチュアのクリエイター志望者で、プロになった人はいるんですか？」

「小説家ならひとりいる。昔の話だけど」

「え、本当ですか？　誰ですか」

「もう終わったから忘れたよ。ファイルも記憶も完全削除」

　好奇心が勝って思わず尋ねると、仁政はあっさりと答えた。

　契約が終わったらすべてを忘れ、関係する書類も破棄《はき》して無関係に戻る。これは事務所の規約に書いてあるし、実際そうしているのだが、仁政のような記憶力の良い男が覚えていないわけがない。

「さっき時村さん、珍しくないって言いましたよね。ということは、小説家志望者の人からの依頼はけっこう受けてて、デビューしたのはひとりってことですか？」

「成功した小説家という意味ならひとりだね。惜しいところまでいった人はもっといるかな。だいたい辞めちゃうんだよね。何作か書き上げたら自信がついて終了。または、仲間を作れ、誰かに読んでもらえって言って、いい読者ができるとこっちの役割がなくなる。むしろそこがゴール」

「仲間を作れ、誰かに読んでもらえ。時村さんは読まないんですか？」

「俺は読まない。読みたくないもん。読書が趣味でもないし、内容のアドバイスはできないだろ。何が悲しくて素人の俺が素人の小説読まなきゃならんのよ」

「わたしなら読むかなあ」

「それぞれの方針だから正解はないけど、読むなら割増料金取りなよ。そういうのってけっこう時間とられるから」

創作者に対して、創作物を知らずに励ますなどということができるのか。試合を見ずにスポーツ選手のコーチをするようなものではないのか。

それだけで小一時間は議論できそうなテーマだが、確かに無責任なことは言えない。読んで面白くなかったらなんと答えたらいいのだ。

「小説を読まないんだったら、小説家志望者のコーチをする意味なんてあるんでしょうか？」

「あるよ。小説を書くことで大事なのは、書き終わることだから。締め切りを設定して、スケジューリングして、なだめたりすかしたりして書き終わらせる。あと、どうでもいい質問に適当に答える。そうすれば向こうが勝手に何かを見つける。プロは担当編集者がやるんだろうけど、アマチュアには担当がいないからね」

「それ、どこかの本にあったんですか？」

「友達の小説家が言ってた。バイク仲間なんだよね。今度、食事する約束あるから、小説家になる心得でも聞いておこうか」

その友達って、さっき言ってた、時村さんがデビューさせた小説家なんじゃないですか――。

と言いたかったがやめておいた。仁政は交友関係が広い。事務所とは別に個人のクライアントをつかんでいて、彼らのことは尋ねても教えてくれない。

「そうですね、お願いします」

ことりは言った。

今日は羽菜子は休みだった。所長はコーヒーとお菓子を持って所長室にこもっている。

ことりはキッチンでコーヒーを淹れながら、二年間で短編を二本しか書いていないジェインが、小説家になるために何をしたらいいのか考える。

なぜなのかわからないが、小説家志望という言葉は恥ずかしい。ダイエット中だの、司法試験浪人だの、婚活しているだのといった言葉よりも口に出すのに抵抗がある。

詩織は仕事部屋のデスクでノートパソコンに向かっていた。

もとは祖父の部屋だった離れの洋室である。書斎という名前にふさわしく、一面の壁にはぎっしりと分厚い本が並んでいる。母屋のほうには別に寝室があるのだが、祖父が亡くなってからは執筆用の部屋として使うようになった。

詩織の祖父は国文学の研究者だった。書棚の本の何冊かは祖父が書いたものである。亡くなってから教え子たちが書棚を点検して、床に直置《じか》きしていた分はなくなったのだが、それでも詩織が個人で使えるのは書棚の中の一段だけである。

文学者然とした重厚なデスクに銀色のノートパソコンは合わなかった。大好きな部屋に異質なものが入り込んできたようで苛立つが、今の時代に原稿用紙に万年筆というわけにもいかない。

詩織はパソコンのカメラを起動させた。

モニターに眼鏡をかけた自分の顔が映し出される。デスクの横から入る日光が当たって、セミロングの髪が光っている。

詩織はポケットＷｉ－Ｆｉを起動させ、ネットにつながることを確認した。これでよし。

Ｚｏｏｍを始めるとき、青山のマンションのほうにするかこの部屋にするか迷ったのだが、背景に書棚が映り込んでいるのを見ると、こちらにしてよかったと思う。

マンションは狭いし、兄が鍵を持っているので鉢合わせをする可能性がある。この家には両親と妹が住んでいるが、父が帰ってくるのは夜遅くだし、母と妹は離れにはめったに来ない。覗きにくるのはお手伝いの美都《みと》くらいである。

あと二十分で、『Ｚｏｏｍで行う月イチ小説講座』が始まる。

新聞社系列のカルチャーセンター主催の講座で、定員は九人。詩織は今日が一回目。まだ正式には入会していない、見学の立場である。

詩織は高まってくる緊張から逃げるように、この講座を探し出してきた女性――励まし屋の立花ことりを思い出す。

二回目の電話で、ことりは詩織の私生活に踏み込んできた。とりわけ読書の好み、書いているもの、執筆への姿勢や生活習慣について。

こんなことでもなければ接点のなかっただろう、会ったこともない年下の女性に、自分の趣味や信条を話すことは抵抗がある。ためらっていたら、電話で話しにくいのであればＺｏｏｍにしましょうかとことりのほうから提案してきた。

ことりはサイトにあった写真よりも垢抜けない女性だったが、詩織にとっては好ましかった。化粧の濃い女性は苦手なのである。それで商社を辞めたようなものだ。

母は詩織をそういう女にしたくてたまらなかったようだが、どうしてもなれなかった。勧められてコンタクトにしてみたこともあるが、数ヵ月ももたずに眼鏡に戻った。

ことりはお互いの容姿については何も言わなかった。祖父の書棚に興味を示し、素晴らしいですねと言った。詩織は嬉しかった。

『ジェインさんがこれまでに書いた作品は二作ということですが、それを誰かに見せたり、公募に出したりということはなかったのですか？』

「習作ですから。短編小説ですし、誰かに見せるようなものではないので」

『そうですか。読ませたことはないのですね。ではまず読者を獲得しましょう。小説は読まれることこそに意味があると思います』

「……それは、わかりますけど」

その通りである。

だから詩織は事務所に連絡をしたのだ。知らない人に読んでもらい、感想をもらうために。一回読んでもらって、自分のレベルがわかればそれでいい。

励ましというくらいなのだから、褒めるのだろう。お金を払うのだから、ネガティブなことは言わないだろう。守秘義務は守ると規約に書いてあったし、電話を切れば終わる、一生会うことのない相手である。

ことりは、わたしが読みますとは言わなかった。詩織も、読んでくださいとは言わなかった——喉もとまで出かけたのだが、どうしても口にできなかった。

『フィクションとはいえ家族の話ということですから、身内の方には読ませにくいですよね。むしろまったく無関係の人間のほうがいいかもしれないと思います。

小説家になるにはいくつかやりかたがあります。主流は小説の新人賞に応募して入賞すること。いまの中堅以降で活躍されている小説家は、新人賞をとって小説家になった方が多いようです。もうひとつ、最近盛んになっているのはインターネットの小説サイトに発表して人気を得ること。そのほか、有名人であったり、出版業界に近い仕事をしていたり、個人的に知り合いだったりして依頼を受け、小説家になった方もいます』

そんなことは知っている。わかりきっていることを話すことりに詩織は苛立つ。

「インターネットの小説はちょっと。読んだことはありますけど、好きではないです。わたしの小説はあんなのじゃないし、文体が向いていないんです」

『ジェインさんが好きなのは古典の翻訳小説ですものね。確かに小説サイトのものとテイストは違うと思います。

では今のところ、小説の新人賞に応募をすると考えましょう。もちろん考えが変わればいつでも変更できます。ジェインさん、現在、三作目を執筆中ですか？』

「今は……お休み中です。書く前に構想を練らなくてはならないので」

『そうですね。大変な作業だと思います。そして手元に二作、完成した原稿がある。これは素晴らしいことです。小説を書くことでいちばん大事なのは、書き終わることだそうです』

完成した作品は一作だけである。二作目は途中で行き詰まって止まっている。

この女はなんなのだと詩織は思う。言いたくないことは察して聞かずにいるべきではないか。編集者でもないくせに、なぜ指導しようとする。

「――それ、どこかに書いてあったんですか？」

『わたしはインターネットの検索はしますが、素性が明らかになっていない人の意見は採用しません。今申し上げたのは、新人賞の取り方や小説の書き方、といった書籍の中にあったことです。何冊か読みました。書籍の名前を知りたいなら申し上げます』

「立花さん、そんな本を読んだんですか」

詩織は思わず尋ねた。そういう本は詩織も読んだことがあるが、レベルが低すぎて役に立たなかった。わかりきったことばかり書いてあるのである。

コーチという名目でお金をとっておいて、指導する内容は市販の書籍にあることというのはプロとしてどうなのだ。

『はい。わたしは趣味と仕事を兼ねて実用書をよく読みます。アプローチはまちまちでしたが、どれもとても面白かったです』

ことりは悪びれずに言った。

『それと実は、事務所の人間の友人にプロの小説家がいます。わたしは面識がないのですが、その小説家が創作論のひとつとして、締め切りと読者が必要だと話していたようです。どれも又聞き、受け売りで申し訳ありませんが』

「……ふうん……。どなたですか？　男性？　女性？　有名な先生ですか？」

『わたしにもわからないんです。興味がありますか？　もう少し尋ねてみましょうか。その人の意見がすべてではないですし、あくまで参考、その小説家が嫌がったら深くは訊けませんが。もちろんジェインさんの個人情報は一切明かしません』

「――そうですね」

詩織は答えた。その小説家が、詩織の小説を読みたいと言ってきたらどうしようと考える。尊敬する小説家ならいいが、嫌いなタイプの小説家だったら自分の作品を読ませたくない。

『ではそのことは、わたしの次までの課題にしますね。――それでですね。アマチュアの小説家が読者を獲得する方法ですが、いくつかの手段があるんですね』

ことりは詩織の逡巡《しゅんじゅん》にはまったく頓着《とんちゃく》せず、なめらかに話した。

詩織はことりに依頼をするまでの自分の迷いと決意を苦く思い出す。ビジネスライクであるのは不快な反面、ほっとするような気持ちもある。

ことりは詩織にいくつかの方法を提示した。同人誌を作ること、文芸サークルに入ること、小説の書き方講座に通うこと。インターネットの小説サイトについても説明されたのだが、抵抗を捨てきれなくて断った。

ことりに言われるままに動いていれば、小説家になれるのだろうか――。

半信半疑だったが、やらなければこれまで通り、何も変わらない。変われない。

詩織が三十一歳で初めて書いた短編小説は、家族の物語だった。誰からも羨まれる環境にありながら、どうしても自分を幸せだと思えない女性が、両親や祖父母について調べていき、意外な事実に遭遇するという内容だ。

書いては直しを繰り返してやっと完成させたのだが、どうしても面白いと思えず、修正することで最初の一年は過ぎた。二作目はややコミカルに、女子大学生を主人公にしてみたが、半分ほどで止まっている。それだけで二年経過し、詩織は三十三歳になってしまった。

父の仕事の手伝いはしているが、自宅の部屋にいるかたまに研究所へ行って、言われるままに資料の整理をし、アルバイト代をもらっているだけである。もとより父は理系で、婿《むこ》養子なのもあって、家族にも詩織にも文学にも興味を持っていない。

書きたいとは思う。小説家になりたい。なれると思う。

祖父の書斎にいるとときどき、自分でも制御しがたい荒っぽい衝動を感じる。それが何なのかわからない。ことにこの数年、日に日に強くなっていく。

あと五分。詩織は手を伸ばし、デスクの上にあるＡ４の紙の束を取り上げた。

Ｚｏｏｍの小説講座に参加の申し込みをしたあと、郵送で送られてきたものだ。ことりはサークルや小説講座についていくつかピックアップしていた。その中から、最終的に詩織が受講することに決めたのが、今日これから始まる『Ｚｏｏｍで行う月イチ小説講座』である。

この講座は、受講者が、受講日の二週間前までに書いた小説の原稿をアップロードするシステムになっている。

スタッフが原稿を印刷して受講者全員に送付し、当日に講師が講評する。受講者は講評を聞き、疑問に思ったことや感想を話し合う、という流れらしい。データではなくてプリントアウトした原稿を郵送するというのがアナログだが、そうでもしなければ誰も素人作家が書いた小説を読もうとは思うまい。

今日の参加者は十人——講師と詩織を除いて八人だが、送られてきた原稿は三作だった。詩織は、今回は見学なのでアップロードしていない。

一作は探偵もののアクション小説である。著者は村田健志郎《むらたけんしろう》。A４の紙に二十枚程度のもので、第二章と書いてある。第一章を読んでいない詩織にはよくわからなかった。冒頭の銃についての説明がやけに詳しくて、そこだけは面白いと言えなくもない。

もう一作は小説ではない。薄いエッセイである。著者は長本美紀《ながもとみき》。旅先で食べた何かが思いがけず美味しかった、というような内容だ。見知らぬものを食べるときの持論を展開している。女性らしい華やかな文章だが、なんとなく好きになれない。なぜ好きになれないのか自分でもわからない。

もう一作はパロディ小説だった。著者はｈａｒａとだけある。詩織でもうっすらと知っている人気ドラマの脇役を主人公とした話だ。A４の紙に十五枚の短編小説である。こんな小説があるとは思わなかった。ドラマでは当て馬だったはずの男性が、ヒロインと交際している。

詩織はパロディ小説の冒頭を読みかけ、耐えられなくてデスクに置く。

ダサい、と思う。

読むのが辛い。文学の格調高さはかけらもない。

同人誌や地域の文芸サークルに入ったとして、家族に知られたらどうしようと思ったが――だから最も隠しやすそうなＺｏｏｍでの講座を選んだわけだが、誰にも言えないことは同じだ。こんなものに参加するなんて、親族や友人たちには絶対に知られたくない。

なぜ大学にいたときに文芸研究会に入っておかなかったのだろう、と何度も思ったことを詩織は考えた。

詩織の大学の文芸研究会は有名だった。過去に何人も小説家を輩出《はいしゅつ》しているし、会報は大手の編集者も読む。詩織が小説家になろうと思ったのも、同じ大学出身の人が有名な賞をとったからだった。

あのときは自分の人生について深く考えていなかったのだ。

三十歳くらいにはもう結婚しているはずだった。見合いから始まった恋愛が破談になったのが二十九歳。相手は医者だったが、結納《ゆいのう》が終わったあとで長く付き合っている恋人がいることが発覚したのだ。詩織は傷つき、会社を辞めた。この騒動で数年を無駄にしてしまった。

三十歳でこれからの人生を考え、小説家になろうと決意した。

なれると思った。祖父は国文学の学者、兄は報道記者なのである。出身大学が同じ小説家もたくさんいる。妹のように身を削って仕事をする気にはなれないが、小説家なら家にいる仕事だ。どちらかといえば内向的で、読書家の詩織に向いている。

長男は報道記者、長女は小説家、次女は文科省の国家公務員。そうなれば茅野家のバランスとしてもちょうどいい。祖父や父の教え子たちも納得するだろうし、多くない友人たちは感心するだろう。茅野家の長女だというので詩織と婚約し、結局選ばなかったあの男も、詩織の才能を知ったら後悔するに違いない。

――と思ったのに。なぜわたしは、こんなふざけた講座に参加しようとしているのだろう……。

立花ことり。あんな女性に相談したのが間違いだったのではないか。

大学の友人の友人に出版社に勤めている人がいる。祖父の教え子で本を出している人もいる。兄に言えば新聞社系列の編集者を紹介してくれるかもしれない。そうしたほうがよかったのではないだろうか。

いや——そうしようと思ったのだった。そのために小説を書いたのだ。だがこの小説が面白いのかどうか、出版に値するかどうかわからない。

文学に一家言《いっかげん》ある彼らに、つまらない小説を渡したくない。渡すのなら完璧な小説でなくてはならない。皆を驚かせ、感心させなくてはならない。だから誰かに読んでもらおうと思ったのだ。

「——詩織さん」

ぼんやりと考えていたらノックの音がした。詩織ははっとした。

声の主は寺脇《てらわき》美都。茅野家にいる中年のお手伝いである。

父の遠縁で、詩織が小学生のときにやってきた女性である。年齢は知らない。母よりひとまわり下——初対面のときは二十代だった。詩織が中学生のときに結婚し、すぐに離婚して戻ってきて、それからずっと茅野家にいる。

いくつになってもお嬢さん気質の抜けない母に代わって、茅野家の家事は美都が取り仕切っている。詩織たちきょうだいの家庭の味とは美都の味だ。

「はい。何？」

詩織はとがった声を出し、原稿の束を肘で隠した。

あと五分で講座が始まるというタイミングで、何をしに来たのか。

「お紅茶とお菓子を持ってきましたよ。あまり根を詰めないように」

「わかっているから置いといて。二時からＺｏｏｍで友達と話すって言ったでしょう」

「じゃ、置いときますね」

美都は詩織に干渉《かんしょう》しすぎである。結婚が破談になったとき、会社を辞めたときも美都だけはしつこく詩織に声をかけてきていた。自分がやっていた父の資料整理を詩織にすすめたのも美都である。腰が悪いからといって、今でもたまに買い物やドライブに付き合わされる。

美都はデスクの横に盆を置いた。盆の上には紅茶のポットとクッキーが置いてある。いい香りだ。クッキーは美都の手作りである。

美都が出ていってしばらくすると、時計の針が二時を指した。

詩織は紅茶を一口飲み、指定されたＺｏｏｍの会議室にアクセスする。

画面が割られ、次々に知らない男女の顔がパソコンに映し出された。

『今日は、初めての人がいるんだよね。えーと、自己紹介してくれるかな？』

パソコンの画面の中で、眼鏡をかけたホストの男性が言っている。

画面には、磯山基《いそやまもとい》――という名前が表示されている。講師の小説家だ。

うっすらと名前を聞いたことのある程度の小説家だったが、有名な大学を卒業しているし、歴史ある文芸賞の最終候補にも残ったことがある。電子書籍で著作を読んでみたら好みの作風だった。それもあって参加することを決めたのだ。

「茅野です。よろしくお願いします」

詩織はモニターに向かって小さく頭を下げた。

『茅野さんは今日は見学という話ですけど、言いたいことがあったらなんでも言っていいですよ。ここは講評をするだけで、小説の書き方はやらないんです。書き方について意見交換を行う場所だと思っています。ペースは人それぞれだし、こうあるべき、という決めつけをしないのがぼくの方針なんですよ』

磯山は穏やかに言った。

年齢は四十代半ばといったところか。黒のニットの首回りがよれて光っている。一見平凡そうだが、眼鏡を外したら案外端整な顔立ちをしているかもしれない。

磯山以外のメンバーは五人。詩織を含めてＺｏｏｍの画面が七つに割られている。定員は九人と聞いていたのだが、残りは欠席らしい。

『じゃあ行きましょうか。──今回は三作ですけど、原《はら》さんはまだ来てないのかな』

『また後から来るんじゃないですか』

男性が言い、残りの四人は苦笑ぎみにうなずいた。

男性のフレームには村田とある。アクション小説の作者だろう。この場で講師以外の男性は村田だけだ。

『じゃあ村田さんのから行きましょう。夏に出してもらった『愛《いと》しき獣のために』の第二章ですね。まず銃の描写から入るんだけど、これいいですね。村田さんの得意なことが生かされてる。ただちょっと長すぎるかな』

磯山はアクション小説の講評を始めた。ほかの四人同様、詩織も原稿に目を落とし、文章と比べながら話を聞く。ここはいい、ここは良くない、と磯山が淡々と述べ、村田がたまに言い返す。

五分もたたないうちに退屈してきた。もとから男性向けの小説には興味がないし、文章も読みにくい。男性主人公の台詞《せりふ》の陳腐《ちんぷ》さに辟易《へきえき》する。

このアクションはおかしいんじゃないかと磯山が言い、村田が反論しているときに、フレームにもうひとりが割り込んできた。

『──すみません、買い物行ってたら道が混んでて！』

入ってきたのはショートカットの女性である。フレームには原とある。

原はいかにも主婦然としたカットソーを着ていた。撮影はスマホらしい。ダイニングテーブルにいるらしく、背景に白いシステムキッチンと食器棚が見える。

モニターの中にほっとした空気が漂った。どうやら詩織以外の受講者も退屈していたらしい。

『原さん、よかったです。今日は三作だから、原さんが来なければどうしようかと思った』

『それでいつもより厳しかったんですか？　ひどいなあ』

村田が言った。

『厳しくないですよ。一章よりよかったと思います。村田さんは知識はあるし文章はうまいんだけど、ときどき読者を忘れるんだよね。皆さん、村田さんの作品に対して何かある？　なければ原さんの行くけど。――原さん、いいですか？』

『はーい』

『じゃ原さんの。『カインのふとした日常』――前も言ったけど、ぼくはこのドラマを見ていないんだよね。でも知らなくても面白いですよ』

『わー嬉しい。これ、サイトでもけっこう評判いいんですよ』

原の言葉にはかすかに訛《なま》りがある。

『原さん、ネットにあげてるの？　じゃあ新人賞には出せないね』

磯山が言い、詩織は呆れる。原の短編小説はそこそこ面白かったが、ドラマのパロディを文芸賞の新人賞に出せるわけがない。所詮《しょせん》は主婦の手遊《てすさ》びである。

『二次創作を新人賞には出せませんよ、先生』

原が言うと、磯山は首を振った。

『原さんはね、二次創作じゃなくて、オリジナルの小説を書いてみたらいいと思いますよ。自分の身の回りのことでいいから。二次創作だと肝心のオリジナリティの部分が磨かれないんです。原さんの小説、一回読んでみたいなあ』

『だってオリジナルって面倒だし、楽しくないじゃないですか』

一同はどっと笑った。原は人気者らしい。

『じゃあ今度はもっと長く書いてみて。これは原稿用紙三十枚くらいかな。五十枚とか百枚とか』

『原稿用紙って言われてもわかんないです。何バイトですか？』

『原さんそれ、本気で言ってるんですか？　基本ですよ』

エッセイを書いている長本が呆れたように口を挟んだ。

『そうか、今の人はそうやって数えるんだね。勉強になるな』

磯山は感心している。つられて微笑みながら講評を聞いていると、気持ちがほぐれてきた。

思っていたよりも楽しい、悪くないと詩織は思った。これなら書けるかもしれない。

つまらないアクション小説とドラマのパロディ小説と自慢たらしいエッセイ、ここに自分の正統派の文学作品が入ったら、磯山は瞠目《どうもく》するのに違いない。

「――では結局、書き直すことにしたのですか?」

ことりは事務所でインカムをつけ、白い犬のぬいぐるみに向かって喋っていた。

相手はジェインだ。ジェインは警戒心が強いのでZoomを使うことを提案したが、ことりにとっては電話のほうがやりやすい。動画になるとノーメイクにボサボサの髪というわけにはいかなくなる。

『そうですね。プロットを練り直して、次の講座に出してみようと思います』

ジェインは言った。初期の数回に比べて口調が明るくなっている。

小説を発表する先としてカルチャーセンターの『Zoomで行う月イチ小説講座』

を紹介したのだが、どうやら肌に合ったようだ。第一段階をクリアしたところとりはほっとする。

「確かジェインさんには二作、書き終わった作品がありましたよね。まず、そのうちの一作を出してみたらどうでしょう？」

『あれは習作なんです。毎月必ず出さなきゃならないものではないですし。前回も受講者は私以外で六人いましたけど、提出したのは三人、小説は二作だけでした』

「わかりました。では次は一回目と同様、自作の小説は提出せずに出席ということになりますね。今書いているものは次の次、三回目の受講日に向けて提出するということでいいでしょうか。あと一ヵ月半。書けそうですか？」

『――それは、たぶん』

「受講日の二週間前までにアップロードだから、締め切りは十月半ばですね。その日までにどうやって書き進んでいくか、予定を立てましょう。だいたいでいいので教えてください。まず長さですが、原稿用紙何枚くらいの予定ですか？」

ことりはカレンダーを見つめながら言った。

書いたことはないが小説の書き方は飲みこんでいる。構想を立て、プロットを作り、執筆する。ジェインが一ヵ月半で一本書けるのかどうかはわからないが、まずはやってみないことには、できるかできないかもわからない。

小説の長さについては数え方がいくつかあるらしい。原稿用紙換算、ページ換算、バイト換算、ワード換算。ジェインには古典的な原稿用紙換算がいちばんしっくりくるだろうと踏んだ。

『――こういうのって仕事じゃないんで、長さとかかる時間とか、簡単には答えられないです。短いと思ってたら長くなったり、あるとき突然、ワーッと書けるようになるときもあるし』

ジェインはややむっとしたように答えた。

「そういうものなのですか。では長期ではなくて、次までの予定を立てるやり方にしましょうか。たとえば、来週までにいちおうのプロットを立てる。これを宿題にしましょう。一週間では難しいでしょうか？」

『短編って、プロットは別に立てなくてもいいんですよね。プロの小説家でも、短編は思いついたままに書くっていう人もいるし』

「そうなんですね。では来週のセッションについては、この一週間でやったことの進捗を聞く、ということでいいですか？」

『……一週間では短いんで、再来週でもいいですか？』

「わかりました」

ジェインは催促されるのが嫌いらしい。好きな人間はいないが。

このあたりの機微《きび》はコーチの腕を試されるところである。

誰だって面倒なこと、苦しいことはやりたくない。天才でも変人でも世界的なアスリートでもない凡人は、どうしても楽なほうへ流れる。嫌なことをやらないでいる理由を探そうとする。そのためにコーチがいるのだ。褒めたりなだめたり叱ったり、飴と鞭《むち》を使い分けてなんとか行動させ、目標を達成させなくてはならない。

ジェインが小説を書き始めて二年、それまでに書いたのは短編二作。スランプの期間が長かった。

今は小説家になるよりも、次の小説を完成させることだ。

ジェインには、どうせ出すなら完璧な作品を出したいという欲があるようだ。作品に自信がないのかもしれない。こういうときにはどうしたらいいのか。

読みますとは言わなかった。読んでくださいと言われない限りは読まないことにした。仁政の言うとおりだ。内容に対する責任をとれない。

——絵を描くのは好き、美大へ行きたい、でもダメだったらどうしたらいいんですか。わたしには絵しかないんですよ。才能ある人たちの中に入って、自分に才能がないか。

いのがわかってしまうのが怖いんです。

ことりは最初に受け持った十八歳の美術大学の浪人生を思い出した。契約をして二ヵ月目に、彼女は泣きながらことりに打ち明けてきた。あのとき自分はなんと答えただろうか。

「――ジェインちゃん、新作書いてるの？」

過去の顧客ファイルを開いていると、仁政が声をかけてきた。

「はい。Ｚｏｏｍの小説講座の宿題です。もうすぐ二回目があるんですよ。三回目に向けて構想を練っているところです」

「確か手持ちに二作あるんじゃなかった？」

「あれは習作なので」

「習作でもなんでも出せばいいじゃん。あの講座ってけっこう適当らしいよ。エッセイや論文が出てきたり、純文学でもＳＦでも夢小説でも、まとまった文章ならなんでもあり」

仁政は言った。

詩織の受けている、『Ｚｏｏｍで行う月イチ小説講座』を探し出してきたのは仁政である。

講師は一般的には有名ではないが、繊細な作風で評価されている小説家である。ジェインは人気作家よりもそういう小説家のほうを好むだろう。過去に小説の新人賞でいいところまでいった受講者がいるらしいし、Ｚｏｏｍなのはコミュニケーションをとるのが苦手なタイプにはむしろいいんじゃないかと言った。

「ジェインさんは書くのが遅いんです。文章にこだわるタイプなので」

「それはいいけど、受講料払っているんだから講評を貰わなきゃ損だろ。もしかしてジェインちゃんて、痩せたいけど今の体重知りたくないから体重計に乗れないタイプ?」

「——そうかもしれないですね」

ことりは言った。

事務所には数人、体重計に乗る勇気を持つためだけに契約をしている顧客がいる。連絡の周期はそれぞれだが、こんなことでお金を貰っていいのだろうかと思う。

「そういう人はね、一回、体重計に無理矢理乗せてしまうんだよ。わかっているだろうけど。まず現実を知る。ボロクソに言われてしまえば、案外ガッツが湧き出てくるもんだよ」

「わかっています。でも小説を書くことはダイエットとは違いますから」

「書いてはいるんだよね」

「書いてはいます。口ばかりって人ではないです。——たぶん」

ことりはジェインの言葉を思い出しながら言った。

言葉には切実なものがある。能力はどうあれ表現したいものがある。何かを叫びたがっている、書きたがっていると思う。

祖父は国文学の学者、兄は報道記者、妹は文部科学省の公務員なんです、父は、母は、自分は、ここの大学の何学部で、夏は軽井沢の別荘へ家族で行って、家にはお手伝いの女性がいて、世田谷といっても端のほうなんですと言いたがるのには理由があると思う。

そこにいつかは触れたほうがいいのかもしれないが、今ではない。おそらく体重よりもデリケートな部分である。

「ならいいけど。ジェインちゃんの目標は、小説を書きたいじゃなくて、小説家になりたいなんだよね。だったらどんなに御託《ごたく》を並べたって作品がすべてでさ。プロで通用するかどうかは読んでもらわなきゃわからないよ」

「そうですね。そのために、まず本人が満足するものを書き上げさせようと思っています」

「満足なんてするわけないだろ。完璧なものを仕上げてからどうこうって考えてたら何もできない。バグが出るのは当たり前、出たらその都度修正していけばいい。痩せてから服を買うんじゃなくて、今の自分に合う服を探したほうが幸せになれるんだよ」

仁政は言い置いて次の仕事の準備にかかる。ことりは仁政の言葉を反芻《はんすう》し、これをジェインが聞いたら傷つくのではなかろうかと考える。

「——詩織さん、郵便が届いていましたよ」

美都が部屋に入ってきて、詩織ははっとした。

仕事部屋——祖父の書斎である。詩織はノートパソコンを隠すようにして振り返る。

「入って来るときはノックをしてと言ったでしょ、美都さん」

「しましたよ」

美都は扉を閉めて書斎に入ってきた。

手にはお盆と分厚い封筒を持っている。盆をサイドテーブルに置き、封筒のほうを美都に手渡す。

「終わったら買い物に付き合ってほしいんですけど、詩織さん、時間ありませんか？」

「いいけど、何を買いにいくの？」

「そうですね……。台所用洗剤とトイレットペーパーかな。かさばるから一人で運ぶのは大変なんですよ」

「美都さん、今考えたでしょ」

詩織が言うと、美都は照れたように笑った。

昼食の後片付けが終わってから夕食の準備までの数時間は美都の自由時間だ。この時間に美都は詩織と買い物に出かけたがる。車の運転が好きなのだが、買い物という名目がないと気が引けるらしい。詩織にとっても途中で書店に寄ってもらえるのでありがたい。

詩織は美都と親しい。父は研究所へ行きっぱなしだし、母はマイペースのお嬢さん気質、兄と妹は活動的でいつも忙しがっている。昔から、いちばん家にいる時間が長いのは詩織だった。

美都がいなくなると、詩織はゆっくりと紅茶に口をつけた。

三作目の執筆は順調である。

以前書きかけていた、大学生を主人公にした二作目はボツにした。ことりと話しているうちに、筆がすすまないのは物語が面白くないせいだと気づいたのである。

新作は恋愛の話である。むくわれない恋。好きになった男には恋人がいた。両思いだが男のほうに恋人を捨てられない事情があり、別れを選択する──という物語である。

どうやら自分はハッピーエンドよりも悲恋のほうが書きやすいらしい。

自分が経験したことだからだと思うと胸が痛んだ。もう終わったことだと自分に言い聞かせる。

婚約者だった男は相手の性格や愛情よりも茅野家の名前や財産を重視する男だった。肩書き、ラベルばかり気にして、詩織がどういう人間かということには興味がなかった。詩織が傷ついたのは、恋人がいたということよりもそのことだったと思う。

執筆に一段落がつくと、詩織は美都から受け取った封筒をあらためた。

差出人はカルチャーセンターである。講座の名前は書いていない。詩織と同じように、あの講座を受けていることを家族に隠している人がいるのだろうか。

封筒の中には原稿が入っている。『Ｚｏｏｍで行う月イチ小説講座』の三回目のものだ。

詩織の原稿はない。詩織は三回目の締め切りに間に合わなかった。

ことりに今回も無理だと言うと、ことりは、では四回目を目指して書きましょうと言った。さすがに責められているように思え、たかが短編を一本書くのに、こんなに長くかかるなんてダメですよね、と先回りして言うと、ことりは、わたしはそうは思いません、と答えた。

『小説とは、小説家の心の深いところにあるものを取り出した結果だと思っています。触れたくないものと向き合わなければならないこと、逃げたくなることもあるでしょう。それは怠《なま》けているのとは違います。人の心は機械のようにはいきません。ジェインさんが迷っているのなら、何に迷っているのか、どうすれば乗り越えられるのか、わたしも一緒になって考えたいと思います』

電話口のことりの声にはこれまでになく熱がこもっていた。

「そんなに単純なものじゃないですよ」

『ではテーマについて話してみませんか？　わたしは編集者ではないのでアドバイスはできませんが、何か糸口が見つかるかもしれません』

とりとめもなく小説のテーマについて話していたら物語が浮かんだ。たとえ恋は実らなくても、悲しい終わりにはしたくない。明るい未来が見える終わりがいいと思った。たとえばどんな？　とことりが尋ね、セッションを延長して話し込んだ。

ついつい自分の失恋の経験も話してしまったが、ことりはこれまでと同じように同情するでも尊敬するでも苦笑するでもなく、そうなんですね、とビジネスライクに返すだけだった。

そのあとで書き始めたらすいすいと書けた。もう半分以上書いている。こんなことはこれまでになかった。

おそらく四回目のＺｏｏｍ講座には出せる。今度こそ。

そう思えたら安心した。ことりは喜んでくれるだろう。

講師の磯山や、ほかの受講者が何を言うかと考えると吐き気がするくらい緊張するが、今は書き上げることに集中しましょうとことりは言った。

耐えられないことはないと思う。あの講座のレベルは高くない。これまでの二回に提出された小説はどの作品も呆れるようなものだった。二回目に提出された誰かの時代小説は、考証がまるでなってなかった。

磯山は性格がいいのか慣れているのか、どんな作品に対しても褒める箇所を探し出してくる。意味のわからない村田のアクション小説でさえ、しっかりと読み込んで的確な指導をする。彼なら自分の作品を読ませてもいいだろう。

詩織は紅茶をゆっくりと飲み、封筒を開いた。

今回は四作ある。これまでいちばん厚い封筒である。提出したのは一回目同様、haraと村田と長本だ。

詩織はまだ二回しか出席していないが、どうやらこの三人が講座の中心らしい。haraこと原は専業主婦、村田と長本は独身の会社員である。村田は小説の新人賞で二次選考を突破、長本はエッセイの公募で佳作を取ったことがあるらしい。講座の終わりに数分ほど雑談する機会があり、それで知った。

もう一作は誰だろうと思ったら、それも原だった。これまでになく長い。著者名はいつものharaではなく、原まおりとある。村田は以前に提出した二章を書き直したもの、長本はエッセイだから、今回は小説の新作は原の二作だけということになる。

原は毎回新しい短編小説を提出する。興が乗れば二作、三作を一回で出してくることもあるという。テレビドラマの鑑賞と漫画を読むのが趣味で、脇役の二次創作、パロディ小説ならいくらでも書けるらしい。

原さんは皆勤賞だねと言われて、ケチなので出さなきゃもったいないと思っちゃうんですよと答えていた。前回の作品は締め切りギリギリで書いたと言うだけあって尻切れとんぼで、誤字脱字だらけだった。詩織が指摘すると、オチを思いつかなくて無理矢理終わらせましたと笑っていた。

詩織は長本の宝石の素晴らしさを語ったエッセイを読み飛ばし、村田のアクション小説をあとまわしにして、原の作品を読みはじめる。

一作はいつものパロディ小説だったが、長いほうはそうではなかった。

主人公は女性。文体も違う。一人称の恋愛小説だった。

毛色が違うのは恋愛の相手も女性であることだ。

友情なのか恋愛なのか主人公にもわかっていない、ぼんやりとした好意が次第に輪《りん》郭《かく》を明らかにしていく。同性愛、レズビアン、といった言葉をまったく使わない、肉体の接触もないのに、痛いような心の動きが伝わってくる。

手が震えた。

『原さん、これ、ネットには出していないですよね？』

磯山は原の講評に移る前に確認した。

磯山は村田と長本の講評を早めに終わらせた。村田はやや未練がましく自分の原稿をめくり、長本は褒められたので嬉しそうである。

『これはアップしてないです。長すぎるし、二次じゃないんで受けないと思って』

原は照れたように髪に触れながら言った。ボーダーのカットソーに身を包み、うしろにはこれまでと同じ、少し散らかったキッチンが見えている。

『思いついてなんとなく書いていたら萌《も》えちゃって。過去の設定を勝手に作りこんでたら、もうこれってドラマ関係なくね？　オリジナルじゃね？　って思って。登場人物を別に作って書き直してみたんですよ。文章がいつもと違うんで、読みにくいと思いますけど』

『村田さん、どう思う』

急に振られた村田は、Ｚｏｏｍの小さな画面の中で眉をひそめた。

『ぼくは……よくわからなかったです。うまいとは思ったけど。いつものよりはいいと思うけど。原さんの小説って、台詞は面白いんだけど、描写が頭に浮かびづらいんだよね』

『ほかの人は？』

磯山は画面を見渡し、長本が手をあげる。

『わたしは悪くないと思いました。原さんがこういう小説を書くのは意外でした。でも後半、主人公の気持ちが理解できないんですよね。好きならそう言えばいいだけだと思うんですけど、そこだけが惜しいかな』

「むしろ、言わなくてもいい、ということに気づいたんだと思いますよ」

詩織は思わず口を挟んだ。

詩織がこの講座で自分から意見を言うのは初めてである。Ｚｏｏｍのモニターごしに、長本が意外そうな顔をする。

『だから、なんで言わなくていいのかわからないんですよ。女性同士だから秘密にしなきゃならないって考え、今どき古いですよね』

長本は画面を見すえて反論した。受講生の何人かがつられたようにうなずく。

詩織は苛立った。今回に限らず、長本は他人の作品のテーマを断定して批判する癖がある。

「女性同士であることは関係ないです。たまたま女性だったってだけですよ。これはそういう話じゃなくて、むしろ古典的な恋というか、人と人が惹かれ合う過程を描いてあるものだと思います」

『でも、それにしては主人公が相手を好きなのかどうか書いてないですよね。台詞にもないし。原さんは二次創作ばかり書いているんで、説明を飛ばす癖がついているんじゃないかな』

好きだと書いたらこの小説はすべてが台無しになる。そういう恋愛ではないのだ。なぜそれがわからないのだ。

そう思ったが詩織は口をつぐむ。おそらく長本には何を言っても伝わらない。

原を見ると、黙って聞いていた。反論せずうなずくでもない。微笑んでいるような真剣なような、不思議な表情をしている。

『茅野さんはいいと思ったの？』

磯山が尋ねた。

「はい」

『そうか。――原さん、これ、書くのにどれくらいかかったんですか？』

磯山はまだ講評に移らない。流れが違うのでほかの受講者も原も戸惑っている。

原は軽く首をひねった。

『うーん……。二週間くらいかな。いつもは子どもが幼稚園行ったあと、ドラマ見ながらだらだら書いているんですけど、これは夜に、わりと集中してやりました』

『取材したんですか？　それとも体験？　誰かの資料を参考にしたとか』

『そういうのはぜんぜん。わたしの小説は萌えと妄想の産物です。二次創作のノリで真面目に書いちゃったんですけど、ダメですか？』

原は冗談めかしているが不安そうである。磯山の反応がこれまでと違うことはわかっているようだ。

磯山はうなずき、あらためて画面に向き直った。

『素晴らしいですよ。ぼくはこれまでいちばんいいと思う。もちろん修正したほうがいい箇所はあるけれども。原さんの文章は読みやすいし、キャラクターがいいんだよね。これまでの二次創作でも、掘り下げて書けば面白くなりそうなものはたくさんあったよ』

『本当ですか？』

原はほっとしたように息をついた。

『ああよかった。夫に読ませたら、俺はわかんないから先生に見てもらえって言われたんですよ。こういうの、ママ友にも見せられないです』

『こういう感じのものは他にもあるの』

『ちょっとあります。出したことはないけど。思いついたらなんでも書きたくなっちゃうんです』

『じゃあこれが初めてってわけじゃないんだね。次には別なのを見せてください。あと、いずれ長編にも挑戦してみればいいと思う。長編を書くのは別の体力がいるんだけど、原さんなら書けると思う』

『おだてないでくださいよ、先生。調子に乗りますよ』

『大丈夫、今日は原さんには厳しめに行く予定だから』

『いつもみたいに甘々でお願いします』

『ダメですよ』

磯山は珍しくきっぱりと言った。

原は笑ったが、村田も長本も笑わなかった。

講座の穏やかな雰囲気が壊れたことに磯山は気づいていない。これまで磯山が優しかったのは、受講者の小説をまともに取り合っていないからだったのだ。詩織は嫉妬《しっと》する側に入るまいとして目をそらす。

Ｚｏｏｍを切ったら泣きたくなった。

詩織は書斎のデスクのかたわらに立ち、ぼんやりとパソコンのモニターを見つめる。

今日のＺｏｏｍ講座は楽しくなかった。荒れたといっていいかもしれない。

磯山は宣言通り厳しかった。原の文章と構成について詳細な意見を述べ、ここからここは要らないとはっきりと言った箇所もあった。できれば直したものをまた提出してくださいと言い、原はいつものように茶化していたが嬉しかったようだ。うなずきながらメモをとり、頑張りますと答えていた。

村田は無言で原稿をめくり続けていた。長本は原の言葉に口を挟む形で、これは友情なのか恋愛なのかどっちつかずだし、同性愛ならそれらしいシーンがあったほうがいいと指摘した。原が納得しかけ、そんなものは必要ないと磯山が反論する始末である。ほかの受講者たちはどちらにつくこともできず、磯山と長本の顔色を窺いながら無難な意見を言うだけだった。

なぜこの話を思いついたのかと問われて、原は答えられなかった。

村田も長本もほかの受講者たちも、この小説を理解していないと詩織は思った。もしかしたら原にもわからないのかもしれない。わかっているのは磯山と詩織だけである。

原に何かを言ってやりたいのに、言葉を思いつかなかった。Ｚｏｏｍなのでアイコンタクトを送ることすらできない。

原の原稿を握りしめ、詩織は書棚の前に歩いて行く。気づかないうちに涙が落ちた。

自分はこういう小説を書きたかったのだと思う。繊細で美しい恋愛小説を。

だがこれは自分が書いたものではない。こんなストーリーなんて思いつかなかった。とても書きたかったのに、書けなかった。書いたのは散らかったマンションの一室に住む、テレビドラマ鑑賞が趣味の専業主婦だった。

これがどういうことなのか理解できず、悔しかった。大好きな祖父の書棚を見つめながら、詩織は泣いた。

「──あの」

はっとして顔をあげると、美都が立っていた。

慌てて手で涙を拭《ぬぐ》ったが隠しきれるわけがない。悲しくて泣いていたのではない。辛いが気持ちのいい涙なのだと示すために、詩織はことさら明るく美都に向き直る。

「ノックはしましたよ、詩織さん」

「わかってるわよ。何?」

詩織は言った。美都は盆を持っていなかった。お茶とお菓子なら講座の始まる直前に差し入れられている。

「はい。あの……詩織さんが書いたもの、よければ、わたしに読ませていただけませんか?」

美都はしばらく逡巡したあと、思い切ったように言った。

「——え？」

小説を書いていることは誰にも言っていない。知っているのは立花ことりと講座の関係者たちだけだ。

だが美都なら気づいてもおかしくない。郵便物を受け取って家族に渡すのは美都の役目だ。詩織が書斎にこもってパソコンに向かっていること、月に一回、Ｚｏｏｍで複数の人と話していること、ことりと定期的に話していることにも気づいていると思う。ことりとはついつい大声になったり、小説について長く話しこんだりするときもあった。

美都は見かけほど鈍い女ではない。詩織ほどではないが小説も好きだ。買い物のときに立ち寄る書店で、ミステリー小説の文庫本をたまに買っている。

「もしも嫌ならいいんですけど。詩織さんの小説、読んでみたいなって思って。ほかの方には言いません」

美都はうかがうように言った。詩織の結婚が破談になったあと、買い物に付き合ってくれと初めて言いにきたときもこういう顔をしていたと思う。

「——もうすぐ書き終わるのがあるから。できたら渡すわ」

「はい、待ってますね」

美都はうなずいて扉へ向かって歩いて行く。詩織はふとその背中に声をかけた。

「美都さん、今日は買い物に行かないの？　わたし、読みたい本があるんだけど、行くなら書店に付き合ってくれない？」

美都は振り返った。

「そういえば、ティッシュペーパーを買い足そうと思っていたんです」

「ちょうどよかった。ついでにパフェ食べようか」

「いいですね」

美都は笑った。フルーツパフェが好物なのである。最近太ってきているのを気にしているが、パフェだけは大きなものをぺろりと平らげる。

「ちょっと誰かに御馳走《ごちそう》したい気分なの」

詩織は言った。美都がいてよかったと思った。さっきまで泣いていたというのに、思いがけず幸福な気持ちになっている。

『――では、連絡は取れたんですか？』

電話の向こうでことりが話している。

詩織は書斎の窓際に立ち、庭を眺めながらスマホを握っていた。視界の端で庭のあじさいに水をやる美都の姿が入る。定例のことりへの報告もすっかり慣れた。

「小説のサイトに行ったらプロフィールにメールアドレスがあって、感想を送ったら原さんも喜んでくれました。ネットで友達作るのが好きな人なんですね」

『よかったですね』

ことりは淡々と答えた。

三回目の講座の顛末《てんまつ》についてはことりに話した。話さずにはいられなかった。

ことりはいい作品に出会えましたねと言った。その作品のどこが自分を揺り動かしたのか、深く考えてみてもいいかもしれないですね。

原さんという方に感想を送ってみたらどうでしょうか。小説をインターネットで一般公開しているのなら、コメントの欄があると思います。原さんは素直な方のようですし、ジェインさんが褒めたことは印象に残っているのではないでしょうか。

その通りだった。メールを送ると、原は、実はあのときとても緊張していたんです、講座に出るときはいつもドキドキしているんですけど、茅野さんがいいと言ってくれて嬉しかったと返信メールを送ってきた。

よければＺｏｏｍでお話ししませんかと誘われたので、思い切って受けた。

「話してびっくりしたんですけど、原さんが住んでいるのって仙台《せんだい》だったんですよ。小説に新宿《しんじゆく》だ横浜《よこはま》だって普通に出てくるから、てっきり関東圏の人だと思いこんでいました」

原のことはことり以外には話せないので、ついつい饒舌になる。

『仙台ですか！　Ｚｏｏｍって便利ですね』

「世田谷区がどこかも知らないんですよ。変な人です。わたしは自分の経験していることを書くタイプなんですが、原さんは知らないほうが書きやすいんだそうです。そういう話をしていたらあっと言う間に時間が過ぎて」

『いろんな書き方のタイプがあるんですね』

「磯山先生に、新人賞を目指して書いたらどうかと言われたそうです。でもどれに送ったらいいかわからないと。以前、立花さんからいくつか、短編の新人賞を紹介されましたよね。あれを教えてあげてもいいですか？」

『かまいませんよ。ジェインさんの執筆の様子はいかがですか？』

「わたしは……以前お話しした恋愛の話はすすんでいるんですけど、何か違うと思って。別なものを書きたいと思っているところです」

詩織は口ごもった。

三回目の講座のあとで執筆の続きにとりかかったが、どうしても原の作品と比べてしまい、筆がすすまなかった。おそらく磯山は素晴らしいとは言わないだろう。

『ほかに書きたいものがあるのですね』

「うちのお手伝いの女性の話なんですけど。最近になって話を聞く機会があって、ちょっと書きたくなったんですよね」

『なるほど。興味を惹かれるお話だったんですか？』

「はい。一回離婚されている方なんですが、何もないようでいて、実は波瀾万丈《はらんばんじょう》な人生を送っているんです」

『面白そうですね。それを書くのは、今のものが仕上がってからの楽しみにしてはどうでしょう。まずは今書いているものを提出して、いただいた講評を参考にして、次の作品へ向かってはどうでしょうか』

「気が乗らない作品を出すのはちょっと……」

『今書いている作品は気が乗らないんですね。以前、この話なら書けると自信を持たれたと思うのですが、気持ちが変化したのですか？』

「――原さんと同じ恋愛小説ですから。どうしても比べられますよね」

『では、作品自体に不満や疑問点が出てきたわけではないのですね？』

「そうですけど。前も言いましたけど、磯山先生っていい作品には厳しいんです。書き上げてもおそらく原さんの作品は超えられないですし、もし褒められたとしたら、それはそれでショックを受けそうです」

『そのショックに早く慣れたほうがいいですね。小説は評価と無縁ではいられませんから』

詩織は黙った。

原とも講評の話はした。原は、いつもへらへらしてますけど、終わってから落ち込みますよと言っていた。磯山先生は優しいけど鋭いから。これはみんなそうじゃないかな。

二次創作を提出するのは、自分の作品じゃないからです。貶《けな》されてもそんなに傷つかなくてすむので。小心者なんですよ。この間、はじめてオリジナルの作品を出したときは怖かったです。先生と茅野さんがいなかったら立ち直れなかったかもしれません。

原がなんでも冗談めかすのはふざけているからではなかった。

「……わかりました。じゃあ、とにかく……今のものはなんとか……」

詩織はしぶしぶ言った。

原のように笑っていられる自信はないが、ここまできてＺｏｏｍの講座を辞める決意もつかない。原ですら感じる恐怖なら、自分も感じるべきものかもしれない。

『ジェインさんなら書けますよ。磯山先生とも感性が似ているように思います。四回目の講座へ向けて、現在書いているものの提出を目指しましょう。そのあとで、お手伝いさんの話を書きましょう。書いている間は、ほかの作品や作者と比べる必要はないと思います。どんな作品であろうと、それはジェインさんにしか書けないものです』

この女はなんなのだ。作品を読んでもいないくせに、何の権利があって詩織に命令するのだ。詩織はことりに対して久しぶりに怒りを覚える。

「……それはそうですけど」

『では現在書いているものの進捗を教えていただけますか？　それとも次に書く予定であるところのお手伝いさんの話、こちらを先にしましょうか。記憶が薄れないうちにテーマを整理して、掘り下げておいてもいいかもしれません』

「そうですね、そっちをお願いします。終わったらすぐにとりかかりたいので」

『わかりました』

電話口で書類を開く音がする。ことりは詩織と話すとき、ノートかメモを律儀に取っているらしい。

「立花さん、出版社にお勤めしていたことがあるんですよね。小説の編集をされていたんですか？」

ふと思いついて詩織は尋ねた。

たまに激しい感情は芽生えるものの、ことりと関わってから変化があったことは間違いない。

『いいえ。違います。執筆は格段に進むようになった。友人に編集者はいますが』

「――そうですか」

『でもジェインさんとお話をして、小説の構想を広げていくのは楽しいですよ』

ことりは穏やかに付け加える。そうか、ことりも楽しいのか。詩織は少しほっとした。

ことりが事務所でタブレットを見ていると、仁政が入ってきた。

午前の半端な時間である。朝の仕事が一段落し、やっと落ち着いたところだ。羽菜子は例によって子どもが熱を出したとかで、掃除とコーヒーの準備だけして早退している。

「おはようございます、時村さん。といってももうすぐ昼ですけど。ツーリング帰りですか？」

ことりは言った。

仁政はデニムとバイク用の赤いジャケットを着て、黒いリュックサックを持っている。昨日はツーリングに行くと言って休んでいた。

「いや、昨日の夜には家に戻った。一緒に行った友達が泊まったから遅くなったんだよ。朝の仕事は在宅でやった。朝食作ってもらったらうまくて食べ過ぎた」

「今日は在宅勤務にすればよかったのに」

「家じゃ調子出ないんだよね。猫もいるし」

「猫！　時村さん猫飼ってるんですか！　初めて知りました！」

「食いつくのはそこかよ」

仁政はデスクにリュックサックを置き、面倒そうにユニクロの紙袋を取り出した。中は黒いシャツである。電話対応が主だった仁政も最近は動画で話す機会が増えて、それなりの服装をしないわけにはいかなくなっている。ただし上半身だけだが。

「その友達って、小説家の磯山基さんですか？」

シャツのボタンを留めている仁政へ向かって、ことりはコーヒーを飲みながらさりげなく切り出した。

「俺にかまをかけるのは十年早いよ、ことりちゃん」

「以前は百年早いって言ってましたけど。短くなりましたね」

ことりはタブレットをタップし、SNSの画面を開いた。

「磯山さんはTwitterやってるんですよね。昨日は友達とツーリングに行ってたようです。愛車はホンダGB250クラブマン。時村さんと趣味が合いますね」

「それだけ？　根拠が薄すぎない？」

「写真に時村さんのバイクが写りこんでいます。以前、時村さんが小説家と食事したって言った日にも書いてます。旧知の友人と会った、変わった職業の奴《やつ》で、話が面白くて困るって。第一、磯山さんのZoom講座をわたしに紹介してきたのは時村さんじゃないですか」

仁政は天井を仰いだ。

キッチンへ行き、マグカップにコーヒーを注いで出てくる。

「磯山なあ、いい奴なんだけど、嬉しいことがあるとなんでも書いちゃうんだよな。おっさんのくせに小学生みたいなところがある。あれは一生直らんな。俺が守秘義務守ったって、本人がばらしてたら意味ないっての」

時村さんもそろそろおっさんですよと突っ込みたくなったが言わないことにする。努力ではどうにもならないことを責めてはならない。

「最近、磯山さんに嬉しいことがあったんですか?」

「卵の殻が割れた、グラスから水があふれ出たらしい。意味不明だが小説家だからな」

「磯山さんは知っているんですか? ジェインさん――茅野詩織さんが、うちの顧客だってこと」

「いや知らない。仕事のことは話さないよ。Zoomの講座に欠員が出て新しい受講者を募集してるって言ってたから、ことりちゃんに紹介しただけ。磯山は人を育てるのがうまいから」

「時村さんの影響かもしれないですよ」

ことりは本気で言った。ジェインから聞いた限りだが、磯山は聞き上手だし、人にやる気を出させるような指導をする。

「いつ知り合ったんですか? 磯山基がデビューしたのは十五年くらい前だから……。その前ってことはないですよね」

「十六年前だよ。クライアントで小説家になった人がひとりいるって言ったろ」

「十六年前って、時村さんは未成年じゃないですか」

「そう。俺、バイトで話し相手やってたから」

「話し相手……ですか？」

　ことりはつぶやいた。

　仁政は黒いシャツを面倒そうに広げながら言う。

「学生と話したくてお金を払う人がいるんだよ。コーチをしてたつもりはないけど、相手が勝手にやる気を出したことはあった。磯山は小説家志望の地味な会社員でさ。本当に小説家になるとは思わなかったけど、こっちもこれが俺の本業になるとは思わなかった」

　仁政の学生時代のことなど考えたことがなかった。口がうまくて要領が良くて、さぞモテる大学生だったことだろう。そのころから似たような仕事をしていたのか。

「おそらく天職です」

「ありがとう」

　仁政は無駄にいい声で礼を言った。

　リュックからパソコン、タブレット、スマホ二台を取り出す。アダプターと充電器をデスクのポートにつなぎ、黒い手帳と置き時計を定位置に置く。これは仁政の仕事を始めるときの儀式である。

「ジェインちゃんはその後どうなの。新作書き上がった？」

儀式を終えて椅子に座り、安心したように仁政は尋ねた。

「もうすぐ四回目のＺｏｏｍ講座ですが、小説の完成は間に合いませんでした。書きかけの恋愛小説をいったんやめて、次のを書き始めているところです。今回のものを仕上げて、五回目の講座には必ず提出します」

仁政はことりに目をやった。

マグカップを取り上げようとする手を止め、そろそろと言う。

「――こんなこと言うのはなんだけど。もしかしてジェインちゃん、初回からまったく進歩していない……ってことはない？」

「いいえ。友達ができたし、Ｚｏｏｍの講座にも参加しているし、構想を広げていますから。仲のいいお手伝いさんに小説を読んでもらう決心がついたそうです」

「決心だけじゃ変わらないよ。体重計に乗らないと痩せないんだよ。内容はともかく、クリエイターは創作物を完成させないと行動したとは言えないんじゃないの」

「ジェインさんはゆっくりですが前へ進んでいます」

ことりはきっぱりと言った。

タブレットに目を落とす。『Ｚｏｏｍで行う月イチ小説講座』の紹介ページである。最近になってまた欠員が出たらしく、新規受講者を募集している。

大事なのは書き続けること。才能はいつ花開くかわかりません。ある日突然、グラスから水があふれ出る、その一瞬を信じて書いてみましょう。

ジェインの新作は傑作なのに違いない。完成しても読まないが、ことりは信じている。

No.4

終わらないエイジさん

「ぼくは、ことりちゃんはいいコーチだと思うけどねえ」

楠木が言っている。

所長室である。薄いカーテン越しに、背後から柔らかい光が差し込んでくる。

所長はデスクの前の椅子に座り、ことりに向かっている。ことりが座っているのは黒革のソファーだが、動きたくなくなるような座り心地の良さだ。

「合ってはいると思います。でも正直、クライアントをうまく導けたと思うことのほうが少ないんですよ。契約終了時にオールAがついたのはこの二年半で五件だけです」

ことりは言った。視線の先で赤い薔薇が揺れている。数日に一度、羽菜子が花瓶の生花を入れかえるのである。

所長の高級志向はわかっているが、この部屋に入るとことりは少し混乱する。機能的だが雑然とした隣の部屋とはまるで違う。この部屋だけを見れば、線路脇にある狭いビルの一室だとは誰も思わないだろう。

「いやいや、ことりちゃん評判良いですよ。目標達成したら契約が終わっちゃうんだから、Bくらいでだらだら引き延ばすのがちょうどいい」

所長はさらりと聞き捨てならないことを言った。

「ぼくはこのままでいいと思います。現状維持。研修とか受けたいなら紹介するけど、コーチング理論って退屈なんだよね。ことりちゃんは何かあったら仁政くんに相談すればいいわけだしさ」

「時村さんが優秀だってことはわかっていますけど、わたしとはやり方が違います」

「なるほどなるほど。ことりちゃんはそう言えるところがいいんだよなあ」

所長は嬉しそうにうなずいた。

「大丈夫、ことりちゃん頑張ってるから。迷うのも経験のうち。そのうち何か答えが見つかるって」

「そのうちっていつですか。期限について言及するときは、曖昧《あいまい》にしないように心がけているんですけど。具体的な根拠があるのでしょうか」

「根拠はありますよ。ことりちゃんが来てからごはんが美味しいもん」

楠木所長はにこやかに言い、長い足を組み直した。

所長室を出ると、タブレットを見ていた仁政が気のない様子で言った。

「どうだった？」

「現状維持を推奨されました」

ことりはデスクを素通りしてキッチンへ行った。コーヒー豆の缶を開ける。楠木所長が今朝挽いた分の豆が残っている。

「所長って変わっていますよね。今更ですけど」

「それって褒めてる？」

「言葉通りの意味です。なんで褒めてるって思うんですか」

「あの人はあれで凄腕《すごうで》のコーチだからな」

ことりは仁政に目をやった。仁政はだらしなく背もたれに寄りかかってタブレットの画面を読んでいる。仕事の読み物かと思ったら漫画らしい。

コーヒーに合わない匂いがすると思ったら炊飯器のスイッチが入っていた。あと少しで炊き上がる。唐突に出てきたごはんの話はこれか。きっと冷蔵庫には最高級品の梅干しと明太子《めんたいこ》が入っているのに違いない。

「時村さんも所長室で話すことがあるんですか？」

ことりは尋ねた。

所長にはずっと、暇なときに無料で励ましてあげるよと言われていた。今回が初めての実践だ。最近は仁政にまで所長室で話を聞いてもらえとすすめられていた。所長が暇だと仕事の邪魔なんだよ。ことりちゃんも所長に言いたいことくらいあるでしょう。

「あるよ。雑談三十分して終わるけど」

仁政はタブレットに目をやったまま答えた。

「所長、時村さんのことはかなり評価しているみたいですね」

「そりゃそうだ。ことりちゃんもそうだろ。戦力になると思ったから雇ったわけだし」

「わたしの採用は適当でしたよ。少し話しただけですもん」

「だから見る目があるんだって。ことりちゃんの前は何人も面接で断ってる。コーヒー、俺の分も淹れてくれる？　今夜、ＩＴ社長と一戦を交えなきゃならんのよ。回答期限が明日なんだって。向こうも勝負かけてるから必死よ」

「そういうのは早めに言ってくださいよ」

ことりは濃いめにコーヒー豆を計り、コーヒーメーカーをセットしなおした。

「ＩＴ社長とのセッション、事務所でやるんですか？」

「そう。Ｚｏｏｍで。いつになるかわからないから、食事しないで待ってる」

「満腹だと判断力が鈍りますもんね」

「ことりちゃんは？　今日はもう仕事ないんだろ。用事でもあるの」

仁政がことりの予定を聞いてくるのは珍しい。

「友達と約束があるんですよ。夕方のメールを出し終わったら行きます」

「なるほど。会う前に話聞いてやろうか。恋愛以外なら五分だけ無料で励ましてやるよ」

仁政は鋭すぎて、ときどき面倒くさい。

「わたしを励ます必要はないです。現状維持の女ですから。友達に会うのはエイジさんの件ですよ」

ことりはマグカップを仁政のデスクに置いた。自分のコーヒーにミルクを入れ、デスクに戻る。

「自己啓発サイトやってるエイジさん？」

仁政が初めてことりに目をやった。

「そう。わたしの知り合いの編集者を紹介してくれって言われていたんです。断っていたんですけど、この間、たまたま編集者の友達から連絡があって。ちょっと話したらいよって言われちゃったんです。エイジさんて、そういうタイミングだけはいいんですよね。いい機会だから相談してきます」

「個人情報は？」

「明かしてないですよ、どっちにも。エイジさんからはむしろ、直接会うから経歴を送っておいてくれって言われているんですけど。全世界に自分を発信したい人ですからね」

「ことりちゃん、手を離したがっているみたいだね。エイジさんは積極的だからやりやすいと思うけど、相性悪い？」

「会話の相性だけならむしろ、いいほうなんですけどね……」

ことりは言いよどんだ。

エイジ――こと水森英次《みずもりえいじ》、三十六歳。彼はとにかくポジティブで、テンションが高い。

LINEは毎日来る。既読無視の契約になっているがものともしない。顔が広くて、あちこちで講演をしたりライブをしたり小劇団で役者をやってみたり、間にアルバイトをしたりして生活している。

彼の今の目標は、ネットビジネスで成功することである。

七ヵ月ほど前——契約を始めた当初の目標は政治家になることだった。ことりはエイジの経歴と財力を聞き出し、実現の可能性について仁政に相談した。

仁政はことりには言わないが、おそらく何人か、政治関係者の顧客を抱えている。エイジの経歴は政治とは無縁だが、ルックスが良く話し上手である。どちらかといえば恵まれない境遇から単身で上京し、前向きに頑張っている青年というイメージは悪くない。可能性があると判断し、現実的な道筋を提案して検討しはじめたところで、彼は突然、政治家になるのはやめて、自分の開発した教材をインターネットで売ると言い出した。

ことりが提示した方法が思っていたよりも面倒だったらしい。顧客の政治家を紹介してくれと言われ、断ったのも原因かもしれない。

エイジはブログやサイトをたくさん持っている。月会費三百円の会員制のサイトに、八十人くらいの会員がいる。二十代の一時期にタレントを目指していたので、そのときのファンが残っているのだ。フットワークが軽く、何かを試しては失敗してめげないのが面白いと言えなくもない。

サイトの内容は究極のポジティブシンキングといったようなものである。おそらく教材もその路線になることだろう。

「エイジさん、何か危険信号でもある？」

「いえ。行動力がありすぎて、たまについていけないだけです。誰とでもすぐに会いたいっていうんですよね」

「化粧品と服、送り返したんだよね。そのあとどうなった？　怒った？」

「しょんぼりしてました。ご迷惑かけてすみませんと言われました」

「そこは謝るのか。素直だな」

仁政は笑ったが、ことりにとっては笑いごとではない。

エイジとは最近になってＺｏｏｍでの面談に切り替えている。ほかの顧客もだんだんと動画でのセッションに変えていく時期で、相手が望むのなら断る理由がない。

エイジがことりのことを美人だと褒めそやし、数日後に高価な化粧品と服を送ってきた。ことりは事務所の規定に反するとしてすぐに彼に返送した。

「図々《ずうずう》しいし非常識なところもあるけど、悪い人じゃないんですよね。だから余計、どうしたらいいのかと思うんです」

ことりは正直に言った。

エイジは化粧品を送るのと同時に、わかりやすいメイクの動画を送ってきた。ことりがメイクは苦手だと言ったことを覚えていたのである。機嫌をとるため、懐柔《かいじゅう》するためではなく、彼なりにことりを喜ばせようとしてやったことだと思う。

「ネットビジネスの見込みは？」

「調べた限りでは悪くないと思います。成功のメソッドってうまくすれば売れるみたいだし、彼は妙に気になる人で、今の時点でファンがいるくらいですからね。大成功はしないだろうけど、タレントや政治家を目指すよりも現実的な気もします」

その教材とやらがインチキ商材でなければ、とことりは内心でつぶやいた。

彼のサイトは読んだ。文章はうまくないが面白い。拙《つたな》さを思い込みで押し切っているようなサイトである。勢いや熱量というものはロジックの正しさなどよりも人を魅了する。

「キャラクター売りか。本人もわかっているのかな」

「どうなんでしょう。会話の瞬発力があるし、頭はいいと思うんですよ。そういうのも含めて、友人に尋ねてみる予定です。わたしの学生時代の友人ですけど、男性向けの雑誌を編集していて、わたしよりもそういう業界に詳しいので」

「編集者か。男性？」

「男性です。格闘技やってる人です。女性だったら紹介しようなんて思いません」

「そうか。エイジさんのサイトのアドレス送ってくれる？　暇だから読んでみるわ」

「きっとエイジさんは喜ぶと思います。時村さんのことをちょっと話したら会いたがっていました。興味を持った人と持たれた人、全員に会いたいし、自分を知ってもらいたくてたまらないんですよね」

「俺はこれ以上クライアントを増やすつもりはないよ」

ことりのスマホが鳴った。LINEである。仁政のデスクのタブレットもチカチカとライトが光っている。そろそろ夕方のLINEとメールが入り始める時間だ。

ことりは顧客のファイルを開き、報告と照らし合わせて返信する作業に入った。

ことりが居酒屋へ行くと巧人《たくと》はもう到着して、ひとりでビールを飲んでいた。珍しいとことりは思う。以前は巧人が遅れるのが普通だった。忙しいというのもあるが全体的に大らかで、二十分くらいまでの遅れは遅刻と思っていない男なのである。

ことりは今や時間にはかなり厳しい。八時と言われたら七時五十八分に店の暖簾《のれん》をくぐり、八時になると同時に席につきたい。今日は巧人は遅刻をするという想定をし、スマホで本を読んで待つというBプランを考えながら来た。

姫野《ひめの》巧人の性格はわかっている。何かに興味を持つと没入して諦めない。高校のときからボクシングを続けているのもそうだし、卒業時に失敗してもトライし続けて、中堅どころの出版社、高林《たかばやし》出版に中途入社したのもそうだ。

「ことり、元気？」

新しいビールが届いたあたりで巧人が切り出した。

「まあ元気。誰かと話したかったからちょうどよかった。今日は飲んじゃっていいの？」

「校了したところなんだよ。明日は有休とった。奇跡みたいな日だよ」

巧人は男性向けの月刊雑誌、月刊エフマガジンの編集部にいる。半月前に会ったときもそうだったが、楽しそうだ。入社して二年半経ち、仕事に慣れてきたのだろう。

二年半といえばことりがコーチになってからの期間と同じである。

慣れた様子で注文をする巧人を見ながら、ことりは不思議な気持ちになる。

巧人は友人の友人だった。高梨――ことりが住んでいたコーポの隣の住人の、高校時代の同級生だったのである。

顔見知りだったが、親しくなったのは卒業した後。ことりが編集プロダクションで働いていたときだ。同業だというのを知った巧人から連絡をしてきたのである。

巧人はフリーのライターだった。ことりと同じ仕事ということになるが、心構えはまるで違う。巧人はあちこちと契約して働きながら大手出版社への転職を目指し、頼まれもしない取材をして記事を書いていた。編集者を目指しているくせに文章があまりうまくないので、ことりがアルバイトでリライトした。企画書を書いたこともある。

巧人が高林出版へ入社したのは、高梨がインドへ行ったのと同じ時期ということになる。

今日、話があるから飲もうと言ってきたのは巧人だ。巧人はたまに酔った勢いでことりに連絡をしてくる。ことりがエイジのことを口に出すと興味を示した。

「こういうのことりに言うのもなんだけど。綺麗になった？」

巧人は言った。ことりはかすかに眉根を寄せた。

「女性を口説くためのエロ記事でも書いてるの？　そういうのあるもんね、巧人の雑誌」

「いや、思ったことを口にしただけ。髪が伸びたから印象変わったよ」

「ルックスは向上したと思う。体重と体脂肪率が減って、筋肉量が増えた。食事は高《こう》蛋白《たんぱく》低脂肪でカロリー計算もしてる。骨盤矯正もしたし、ジムとエステにも行って、プロに化粧教わって、スタイリストに洋服選んでもらって、表参道の美容院で髪切ってもらってる」

「お、おう。なんだ。やっと目覚めたのか。のわりには……いやなんでもない」

「こういう格好が落ち着くのよ、わたしは」

　ことりはビールに口をつけながら言った。

　ルックスと健康の維持向上に気をつけ、美容や体力、メンタル向上のためのメソッドを試すのは仕事の一環である。

　顧客の中でいちばん多いのはダイエットと筋トレをしている人だ。糖質制限、塩分制限、アルコールやカフェインを断っている人もいる。婚活をするため、夫や妻の気持ちを取り戻すため、美しくなりたいという人もいる。仁政は興味がないならわざわざやる必要はないというが、やれることはやってみるのがことりの主義である。

「俺はことりはダサいほうがいいわ。楽で。今の仕事、人と会わなくていいんだろ」

　巧人はビールを傾けながら言った。

「最近はＳｋｙｐｅやＺｏｏｍが主流だから、それなりに気は遣うよ。で、ＬＩＮＥでちょっと話した件だけど」

「ネットワークビジネスね。いいよ、そいつの連絡先教えて。連絡とってみるから」

　手帳を開きかけると、巧人は手を振って遮った。

「話聞かないの？」

「ことりが面白いと思った人間なんだろ。信用するよ。俺、そういう連中慣れてるし、書き手を探している部署も知ってるから。面白かったら本になるかもしれない」

「紹介はしたくないの。責任とれないから。どうやってすすめていくべきか方針を考えてる最中なんだよね」

「そんなの考える必要ないって。面白いもの書けるならバーッと書き飛ばしてバーッと売って撤収。それでいいんだよ。そいつ顔はいいの？」

「――まあね」

「見せて」

内容よりも顔なのかと思うと複雑ではあるが、こういうことはこれまでにも経験している。何をするにしてもルックスの与える影響は大きい。

ことりはエイジのサイトを開き、写真を出した。

エイジのルックスは悪くない。高校サッカーでいいところまでいったというだけあって引き締まった体つきだし、顔はややごついものの、目と口が大きくて愛嬌《あいきょう》がある。

「いくつ？」

「三十六歳」

「――ふうん。若く見えるね。いいんじゃない。サイトとか、アドレス送って」

ことりは考えた。

エイジからは許可をもらっているが、顧客である以上簡単に読ませていいものではない。エイジと巧人がお互いにとって信頼できる人物かどうかもわからない。

「わかったよ。じゃあ名前教えて。俺が勝手に動く分にはいいだろ。今、そういうおかしな連中を特集しようって話があってさ。人を探してるんだよ」

ことりの逡巡を読み取った巧人が言った。

「水森英次。調べれば出てくると思う。サイトは有料だからお金払って。三百円。読んだらすぐにやめていいから」

「わかった」

「巧人の話は何なの？」

今日は巧人のほうから話があると言われていたのである。

「あれから高梨から連絡あった？」

巧人が尋ねた。

巧人は枕詞《まくらことば》のように高梨について訊いてくる。巧人にはたまに連絡が来るらしいので心配しているわけではない。

「三年くらい前に葉書があっただけだよ。引っ越したからそこから先はわからない」

「郵便局に転居届出してないの」

「出してない。ストーカーに遭ったって言ったでしょ。いろいろ検討した結果、ひそかに引っ越すのが最善って結論になったのよ」

ことりは言った。あんなに踏ん切りがつかなかったのに、やらなければならないと思ったとたん物事が進んだ。決断には理由が必要なのだなと思う。

「それでいいわけ、ことりは」

「いいも悪いもない。高梨くんは旅人なんでしょう。ゴールを決めないで走る人」

「俺には無理だな。ゴールがないと走れない。ことり、俺と結婚しない？」

ことりは眉をひそめた。

巧人はことりを見ずにビールを飲んでいる。飲むときはあまり食べないのである。

巧人と最後に会ったのは半月前である。

そのときことりは巧人から初めて交際を申し込まれ、ホテルに誘われた。冗談なのか本気なのかわからない。気まずくなるのかと思ったら同じように連絡が来た。

こういうのはプライドが傷つくものではないのかと思うのだが、巧人は違ったようだ。

ことりにしてもそれで何かが変わるものではなかった。あれはなんだったのかと思うくらいである。仕事で妙なクライアントに慣れすぎたのかもしれない。

「本気じゃないでしょ」

「いや、けっこう本気。俺、ことりのことが好きみたい。そのうちなくなるかと思ったけど、なくならないんだな。ことりもお年ごろだから、こうなったら結婚前提ならいいかなと思って」

「今日のメインの話はそれ？」

「まーな。そろそろ高梨のことも諦めついただろ。あいつは帰ってこないよ。俺は正社員だし、結婚すればずっと今の仕事続けられるじゃん」

巧人は目を合わさずに枝豆を食べている。この男にしては緊張している。

「巧人が安定志向だとは思わなかった」

「俺は昔から安定志向だよ。そうじゃなきゃフリーで何か書いてるって。俺、けっこうマメだから。料理好きだし、時間もわりとなんとでもなるし。共働きで子どもの保育園の送り迎えとかしてさ。楽しそうじゃん」

「やめなさいよ。そういうことがしたいなら、そういう人をつかまえなよ」

「ことりがいいんだよ」

「冗談でしょう、巧人くん」

焼き鳥から串を引き抜きながら、ことりは笑いたくなった。

婚活しているクライアントは何人かいる。同棲《どうせい》している彼氏がプロポーズしてくれないという女性もいる。どうすれば結婚できるのか、どうやって相手にアプローチすればいいのか、知識を仕入れては励ましている。

十年後、どんな自分になっていたいですか？　三年後には？　来年には？　そのために今日、何をしたらいいか考えましょう。大丈夫、わたしがお手伝いします。きっとできますよ――。

ことりは傍らに置いたスマホを眺める。これだけは私用のスマホである。

そこに道があるならば欲求がなくても行ってみるべきなのか。行くための方法だけはくっきりとわかっている。わたしはどうするべきなのか。誰か指示してくれと願う。

『ぼくはね、すべての経験に無駄はないと思っているんです！　自分で言うのはなんですが、濃い人生、面白い三十六年間を送ってきました。だから、ぼくが経験から得た知識を、皆さんに教えてあげたいと思って！　サイトの会員も、ぜひにって言ってくれるんですよ！』

タブレットの向こう側でエイジが喋っている。

ことりは事務所でインカムをつけ、設置したタブレットに向かっていた。Ｚｏｏｍでのセッションにはもう慣れた。

「素晴らしいですね。サイトのほうは会員が増えましたか？」

『この間より五人減って、三人入って、いま七十八人です』

「新しい人が入ったのはいいことですね」

『そう思いますか？　よかったー！　俺、次までに百人とか言っちゃったから、ことりさんに叱られたらどうしようかとびくびくしてました！』

エイジは本当にほっとしたように胸をなで下ろした。

『で、どうしたもんかなーと思って。やっぱりもっと宣伝しなきゃダメですよね。ＹｏｕＴｕｂｅ始めてみたけど、なかなか人が集まらないんです！』

「ＹｏｕＴｕｂｅ。新しいことを始めたんですね。楽しそうですね。わたしも見てみます」

『といってもちょっとやってみただけで、よくわかんないんで、今はやめちゃってるんですけど』あはは、とエイジは笑った。

『ぼくの生き方は十分とか二十分とかで伝わるもんじゃないです。で、話戻りますけど、やっぱり本を一冊出すと違いますよね。バイブルっていうか、誰かに会うときに、こういうことをやっていますって見せられるから。ベストセラーになったらもっといいですよね』

「先日は、本を出す前にまずサイトの会員を増やし、彼ら向けに少部数でいいから本を出す、ということを仰いましたが、その順番にはこだわらないということでしょうか。まず本を出版し、その本を足がかりに何か始める。こういう順番でいいですか？」

『そうですねえ。もちろんサイトのほうも頑張りたいんですけど。何もないまま人に言ってても見てもらえないし。本出せば印税貰えるし』

「では自費出版という路線はやめたのですね」

『だってお金もったいないじゃないですか』

実用書の出版物のあれこれについては巧人から聞いた。おそらくエイジが思っているほど簡単ではないが、今は言及しないでおく。

「サイトのほうはこのままでいきますか」

『それは考え中です。みんな忙しいから見なくなっちゃうんですよ。月に二回配信という設定がいけないのかなあ。今もどうせ気が向くと書いちゃってるし。週に一回とかに決めたほうがいいんでしょうか。そうなったら会費も上げられるし』

「決めると義務になるので精神的な負担があります。その分、クオリティも高くする必要はあると思いますが、大丈夫ですか？」

『だからそれ、相談したいと思って。どう思います？』

「今、会費は月に三百円、年間三千六百円ですね。それが五千円になったら離れる人もいるかもしれません。では変更後をプランBとして、メリットとデメリットを出してみましょうか。エイジさんは、週に一回のほうがいいという考えですか？」

『あ、そうだ、そう言えば、取材依頼があったんですよね！』

エイジは話がぽんぽんと変わる。後の方でひょいと前に話したことが出てくるので、聞いていないわけでもないらしい。何につけ、エイジには興味のない話題を出しても無駄である。

「取材依頼。どこからですか？」

『月刊エフマガジンの、噂の男っていうコラムです。サイトを見て興味持ったみたいで、会いたいって言われたんです。今度、インタビューを受けに行くんですよ！』

「——受けられるのですか？」

　ことりは言った。

　月刊エフマガジンは巧人が編集している男性向けの雑誌だ。政治経済の裏話と芸能人のゴシップと女性のグラビアがいっしょくたになったような、高尚ではないがそこそこ知的な雑誌である。

　巧人は本当にエイジに取材を申し込んだらしい。巧人もエイジほどではないが行動は早い。ことりと同じように、エイジはこの雑誌と親和性があると思ったのだろう。

『もちろん受けます！　飯食いながらって言われたんで、寿司《すし》がいいって言いました！　俺、鮪《まぐろ》大好きなんで！　そういうのもネタになりますよね！　って寿司ネタじゃないですよ！』

　エイジは自分の言葉に自分で笑っている。

　エイジについては、すべての語尾に！　がついているような気がするのはどういうわけか。

「わかりました。よかったですね。エイジさんの魅力は実際に会ったほうが伝わると思います。せっかく編集者に会うのですから、企画書を書いて持って行くといいかもしれませんね」

『企画書ですか？』

「本の出版につながるかもしれませんから。企画書を書いたことはありますか？」

『いやーないですね。だいたいサイト見てくださいで終わっちゃうんですよ』

「では一回、しっかりとした企画書を作成してみてはどうでしょう。通らない可能性も高いですが、自分の考えを文章にすると、曖昧だった部分を自分でも認識できます。取材の事前準備にもなると思います」

『ことりさん、書いてくれませんか？』

「わたしはそういったことはしないんです。企画書を書くのは面白いですよ。よろしければ作り方を送ります。企画書を見せて、編集者にプレゼンをしてみてください。プレゼンはおそらくエイジさんはお得意だと思います」

『それは得意です。頑張ります！　そうだ、ことりさん、取材に一緒に来てくれませんかね』

「わたしは同行できません。契約に入っていませんので」

『そこをなんとか。バイト代払うんで、マネージャーとして』

「エイジさん、わたしがエイジさんについてわかっているのは、エイジさんが言葉にした部分だけです。プランニングのお手伝いはしますが、判断や決定はできません。マネージャーではないんです」

ことりは前のめりになっているエイジに向きなおり、説得する姿勢になった。

「ここは自分の力でやらなくてはならない局面です。取材の申し込みがきたのは幸運なことです。このチャンスを、自分の力で生かしましょう。難しいかもしれませんが、たとえ失敗しても恥ずかしいことではありません」

『といってもなあ……』

「緊張するなら直前と直後に連絡をください。待っています。結果がどうあれ、経験は無駄にはなりません。そうエイジさんも仰ったじゃないですか。そうやって気持ちを切り替えられるのが、エイジさんの素晴らしいところなんですよ」

『近くで見守ってくれたらやりやすいんだけど。企画書のチェックはしてもらえませんか？』

「うーん……。読むだけならできますが、責任は持てません」

『そこをなんとか』

「企画書の書き方のメールを送ります。それを見て、わからないことがあったら聞いてください。大丈夫、エイジさんならできますよ。わたしに話していることを、そのまま文章にすればいいんです」

『これはことりさんだから話せるんで、なかなか文章にするのはねえ』

「それでもやってみてください」

ことりはタブレットを見つめ、ゆっくりと言った。

デスクには赤いスカーフをつけたスーパーヒーローのソフビ人形が置いてある。玩具屋《おもちゃや》で探していちばんしっくりくるのがこれだった。映像で面談するときは見る必要がないのだが、ことりはクライアントのアイコンがあったほうが仕事しやすい。

エイジは波が激しいので、話すときにエネルギーを使う。相手が早口になっているときほどゆっくりと。落ち込んでいたらこちらのテンションを上げる。ペースに巻き込まれず、モタモタせず、反射神経を研ぎ澄ませて答えなくてはならない。

「ふう……」

面談は二十分オーバーした。いつもそうなので想定済みだ。目の前では仁政が、タブレットを眺めながらペットボトルの水を飲んでいる。

「時村さん、企画書の書き方で、わかりやすいサイトかなんかありますか?」

ことりは仁政に声をかけた。

「企画書?」

ことりは手元にあった企画書の書き方の本を掲げて見せた。

こういった書類は事務所にベーシックなフォーマットのストックがあるが、顧客のスキルや用途によって選んで使い分ける。

「エイジさん、今度、高林出版から取材を受けるんですよ。ついでに本の出版についてプレゼンしたらどうかと思って。無駄かもしれないけど、今後の展望について文書にまとめておいたほうがいいと思うんです」

「出版企画書ならことりちゃんのほうが得意なんじゃないの」

「そうなんですが」

「もしかしてその出版社の担当の人、ことりちゃんの知り合いだったりするの」

「――はい。たぶん」

「ん――？」

仁政は妙な顔をしてことりを見た。

「ダメですかね、いけなかったですかね」

「――いや。俺にはわからん。その人のことも知らないし。ことりちゃんがいいと思ったのならいいんでしょ」

仁政はタブレットを操作し、ダウンロードサイトのアドレスを送ってきた。

「これ、俺が昔書いたマニュアルだけど、役に立つかもしれない。適当に使って」

「ありがとうございます」

「プライベートを仕事に使うのはいいけど、掘った穴は掘りっぱなしにするなよ。前に危ないことあったでしょ」

「あれは特別です。Ｚｏｏｍになったばっかりで、化粧を濃くしすぎました」

「だから顔出すの嫌なんだよな」

仁政はひとりごとのようにつぶやき、コーヒーを淹れるために立ち上がった。


仁政に心配されて、一年前の仕事を思い出した。

クライアントのひとりに待ち伏せされ、自宅を突き止められ、交際を迫られたのである。

仁政がクライアントには必要以上に思い入れないようにしていたり、不安定そうな女性からの依頼を受けない意味がわかった。惚れられちゃうからというのは自慢ではない。くじけそうなクライアントを励ましていくうちに、恋愛感情を抱かれることが稀《まれ》にある。

規約違反として依頼を打ち切り、ことりはオートロックのマンションに引っ越した。幸いそれ以来クライアントが追ってくることはなかったが、それらしい言動があると身構える。通勤ルートはたまに変えることにしている。

ことりが今住んでいるマンションは、勝《かち》どきにある2DKである。狭いほうの一部屋を仕事部屋にし、もう一部屋をリビングとして使っている。楠木所長は責任を感じたらしく、引っ越し費用とカーテン代を持ってくれた。

二ヵ月前——二十八歳を過ぎたあたりでことりはフリーランスになった。立て続けにダイエットと婚活の成功者を出したおかげか、楠木のほうから言い出した。クライアントが同意すれば、事務所を挟まずに仕事をしてもいいらしい。このあたりは楠木なりに考えがあるのだろう。ことりにとっても雇われるよりも気持ちが楽だ。仁政のように契約書の文言で所長と争うつもりはない。

収入も増えた。最初はちょっと割のいいアルバイト程度だったのが、今は大手企業の会社員並みだ。増やそうと思えばもっと増やすこともできる。

大学生が住むようなコーポから大きなマンションに引っ越したと知ったら、巧人は驚くだろう。週に一回の家事サービスも頼んでいる。住み心地は悪くないが六階なので、すぐにコンビニに行けないのが不満だ。

ことりは家に着くと、風呂に湯がたまるまでの間に仕事部屋に入り、バッグを置いた。

スマホ三台、タブレット、ノートパソコン、携帯用充電器を取り出してケーブルにつなぐ。これだけでもけっこうな重量になるので、持ち歩くためには大きなバッグが必須だ。そろそろ仁政のようにサイトを持って、電子機器やスマホのアプリ、インターネットのツールを駆使し、少しでも荷物を減らす方法を考えなくてはならないだろう。

とはいっても、深夜や早朝にＬＩＮＥがほしい、夜しか話せないという人がいる以上、家と事務所を往復するのに通信機器を持ち歩かないわけにはいかない。

事務所からコンビニを経由して家に帰り着くまでの間に、いくつかメールやＬＩＮＥが来ていた。エイジのものもある。企画書送りました！　と書いてある。

面談を追えた三十分後に企画書のフォーマットと書き方を送ったのだが、それを見てすぐに書いたらしい。相変わらず行動が早い。今日中に返事をしなければ、しびれをきらしてＬＩＮＥが立て続けに来るのに違いない。

企画書はＡ４の紙で五枚ある。できるだけ短めに、興味のない人が目を通しやすいように書けと言ったのに、びっしりと自分の主張と意見が書いてある。

マグカップのコーヒーをデスクに置き、ことりはタブレットに目を通す。

　やがて椅子に座り、ノートパソコンをつけた。プリンターの電源ボタンを押す。

　プリンターが五枚の紙を吐き出す。ことりはホチキスで企画書を留め、ゆっくりと読む。赤ペンで線を引き、それを見ながらもう一度、ノートパソコンに向かう。

　事務机と本棚に囲まれた無機質な部屋に、カタカタとキーボードを叩《たた》く音が響く。

　何回かＬＩＮＥの着信音がして、ことりはスマホの電源を切った。


『――あの企画書、書いたのことりだろ』

　事務所にいるときに私用のスマホに電話がかかってきて、つい受けてしまった。

　相手は巧人である。通話ボタンを押してから気がついた。普段だったら相手を確かめ、ファイルの準備をしながら一呼吸置いて受けるのだが、たまたまソファーでおにぎりを食べているところだったのである。

　楠木所長の最近のブームは米だ。最高級の炊飯器を買ったので試したくてたまらないらしい。毎日違う米を炊き、空いている時間におにぎりやお茶漬けを作っている。ランチ代が浮いて助かるが、急な電話がかかってくるときは慌てる。

「添削はした。わかる？」

　ことりは低い声で言いながらキッチンに移動した。

背後のソファーでは楠木所長と羽菜子と仁政が揃って座っている。仕事ならいいが、私用の電話を聞かれたくない。

『そりゃわかる。癖があるもん』

「エイジさん、どうだった？」

ことりは尋ねた。

エイジと巧人は昨日、取材で顔を合わせている。

ことりはエイジから、取材の三十分前と終了後にＬＩＮＥをもらった。終わったあとのエイジは上機嫌だったが、何につけても自己評価が高いので実際はわからない。

『楽しかったよ。それだけは言っとく』

「記事になる？」

『それはわからん。出版企画書なんて見せられちゃったから、面倒くさいって編集長が言ってるんだよね。もともと数人のうちのひとりだから、別に載せなくても困らん』

「あー……。そっちか……」

ことりは嘆息した。

逆に警戒されたか。そういうこともある。

エイジは敵も味方も多い。魅力的だと思われるか、うっとうしがられるかだ。エイジと巧人はタイプが似ているので、気に入られれば一気にいけると思ったのだが、うまくいかなかったか。

失敗するのは仕方ない。経験を生かして次につなげるだけである。

チャレンジして失敗することは、チャレンジしないよりも良いことですよ、エイジさん。このことをサイトに書きましょう。人生にまたひとつの武勇伝ができましたね。

「話は面白かったでしょう？」

『うん。ライターがゲラゲラ笑ってた。でもあとで考えたら何も残らない。そもそも成功へ向かってどうたらって言ってるけど、成功してないじゃん』

「そんなことないよ。タレント活動をしていたときのファンも残ってるし、どこかに呼ばれて講演したり、絵を描いたりギター弾いたり、なんだかんだで稼げてるもの。子どもっぽく見えるけど才能あるし、頭のいい人だと思う。サイト読んだ？」

『読んでない。定番の怪しいヤツだろ』

「取材するなら読んでからにしてよ。その上で言うなら受け入れるよ」

『ことりもすっかり毒されちゃってるな』

毒されているのはどっちだよと思う。一次情報を当たらず、雰囲気でジャッジを下すような男ではなかったのに。出版業界の人間がそれでいいのか。

『企画書はよくできてたよ。ことりは昔からこういうのうまかったよね。懐かしかった』

「文章の添削はしたけど、内容と構成はエイジさんだよ。けっこう読ませるでしょ。あれ、夕方から夜までの数時間で書いたのよ。わたしは彼、文才あると思う。いい編集者がつけば」

『あいつにあんなの書けないよ。宣伝はいいから、今日出てこられない？　俺もう会社戻らなくていいんだよね。俺の担当記事の作業は終わってるから、最近暇なの。ことりの会社の近くまで行くから。指輪買ってやんよ』

ことりは眉をひそめた。

「巧人、飲んでるよね？」

『まあね』

「昼酒はやめなさい。依存症になったらしゃれにならないよ。断酒継続するのってめちゃくちゃ大変なんだから」

『飲まなきゃこんな電話かけられんわ。会うだけでもいいよ。そうしたら、彼の企画書を本にしてやってもいい』

「そんな権限、巧人にはないでしょ」

『いやある。編集長はダメだけど、部内にちょっと面白がってるのがいる』

「その人をエイジさんに紹介してやって」

『だからその話をするために出てこいって。どっちみち、今回のインタビューを記事にするかどうかは俺にかかってる』

巧人は苛立っていた。こんな男だっただろうか。ことりはがっくりする。お酒を飲むとやや乱暴になる傾向はあったが、権限を楯《たて》にとって脅すようなことはなかった。

「記事に値すると思ったらそうして、そうじゃないと思ったら載せなければいい。決めるのはわたしの仕事じゃない。出版社はたくさんあるし、エイジさんはちょっと断られたくらいでへこたれないよ」

『ことり、あの男のこと好きなの』

「好き嫌いは関係ない。信じてるの。クライアントだから。わたしは仕事あるから、これから出るのは無理」

『フリーランスになったんだろ』

「だからなおさらだよ」

『——本当にいいんだな』

「いいよ。じゃあね」

ことりは電話を切った。

電話でこんな冷たい応対をしたのは久しぶりだと思う。間違い電話ですら丁寧に受け答えをする癖がついているのだ。

……いい男だと思っていたのに。

巧人と結婚する——共働きで、子どもの保育園の送り迎えなんかをして——というプランBを、検討事項として念頭に置く程度には。

結婚の悩み、育児の悩みを持っているクライアントは何人かいる。ことり自身も仕事のために婚活サイトに登録した。巧人がその気なら、手っ取り早く試してみようかとふと思った。

情熱をもって何かをするのと、試すのとは違う。そんなこともうすうすわかりつつあるのだが。

耳に残る巧人の声が不快だった。ことりは数秒目を閉じて耐え、部屋に戻る。

ソファーに座ろうとすると楠木所長と羽菜子と仁政がことりに目をやった。声を抑えていたつもりだが聞こえていたらしい。

「――元彼？」

座るのを待ちかねたように羽菜子が尋ねた。

「いえ。友達です。恋愛関係だったことはありません。先日結婚を申し込まれただけです」

ことりは言った。

邪推されるのも面倒だ。こういうことはどうでもいい扱いにするのに限る。察しのいい人間の前では正直でいるのがいちばん楽だし、この三人は察する力が異様に高い。

「結婚？　交際ゼロ日で？」

「するの？」

羽菜子と楠木が同時に尋ねた。仁政は無言でおにぎりを頬張っている。

「しません」

ことりはソファーに座った。

ことりの席の前にはかじりかけのおにぎりが置いてある。最高級の「はえぬき」を硬めに炊き、三角に握って海苔《のり》で巻いたものである。具はたっぷりのイクラと鮭《さけ》。鮭はもちろんわざわざ焼いてほぐしたものだ。おかげで今日は朝から事務所が魚くさかった。

「なんだー」

楠木はがっかりし、羽菜子は安心したようである。

羽菜子は新しいお茶を淹れるために急須を持って席を立った。

「仁政くんはなにか言うことないの？」

楠木所長は今気づいたように仁政に尋ねた。

「俺は恋愛や結婚の話は苦手なんですよ。知ってるでしょ」

仁政は面倒くさそうに答えた。

「最近、わたしも苦手な気がしてきました」

「困るなあ。ことりちゃんに恋愛を励ましてもらいたいって人、いっぱいいるんだよ。成婚率高いんだから、自信持ってもらわないと」

「それは仕事だからです。モード変えてますから」

「うんうん、ことりちゃんはロマンティストなんだなあ。仁政くんもだけど」

ことりは眉をひそめた。自分がロマンティストだと思ったことは一回もない。

仁政は所長の発言に慣れているらしく、平然とお茶を飲んでいる。

羽菜子が新しいお茶を湯飲みについだ。ことりはこの話題を追及するのをやめて、二つ目のおにぎりに手を伸ばす。

エイジとのセッションがあったのは、巧人からの電話があった二日後の夜の八時である。

ことりはマンションの仕事部屋にいた。七つ道具をデスクに配置し、時間になると同時にエイジに電話をかける。自宅からかけるときはZoomは使わない。

「もしもし、エイジさん、お元気ですか？　取材の件で何かありましたか？」

ことりはスーパーヒーローのソフビ人形を見つめながら尋ねた。

昨日と今日はエイジからのLINEが来なかった。他愛のない近況報告、日記のようなもので返事はしないが、これまでは毎日送られてきたものである。

エイジのLINEで、二日の間が空いたのは初めてだ。

『取材の記事、載せないって言われました……』

エイジは言った。

やはりか。ことりは唇を嚙んだ。巧人め。小さい男である。

「編集者の方から連絡があったんですか」

『そうです。考えたんですけど、何がいけなかったのか、さっぱりわからないんですよ』

さすがに語尾に！はついていない。落ち込んでいるというより、本当にわからなくてきょとんとしているようである。

「残念でしたね、きっと事情があったのでしょう。わたしはエイジさんの側には問題はないと考えますが、原因を掘り下げてみましょう。編集者の方のお名前は姫野巧人さんでしたね」

ことりは言った。取材の直後、エイジは巧人をかっこいい、頭の切れる男だと褒めちぎっていた。実際、ふたりは波長が合ったようだ。今日の電話はそれ以来である。

一般人へのインタビューで載せると言ったのなら、誌面に数行程度、申し訳程度の言葉は掲載しそうである。今の時点でわざわざ断りの連絡を入れてくるというのは、巧人からことりへの迂遠な嫌がらせとするのは考えすぎか。

『そうです。すごくいい取材だったんだけどなあ。ことりさんには言いましたけど』

「最初はどんなふうに仰っていたんですか？」

『前向きでした。ぼくの話をしっかり聞いてくれたし、取材費もくれたし、すごく面白い、どういう記事にしようかって言って笑っていました。回転寿司に行って、今度飲もうとも言っていたんですよ』

ことりはエイジ用のノートに貼ってある巧人の名刺を眺めた。

「お断りはどんなふうに？」

『メールで三行くらいです。すごく冷たいんですよ。ショックで落ち込んじゃって。友だちに励まされて、ことりさんには報告しなきゃって思って、こうやって電話で話しているんですけど』

エイジにはことり以外にも励ましてくれる人がたくさんいる。

「企画書については何か言われませんでしたか？」

『そのことについては何にも』

「もしかしたら、売り込みをしすぎたのかもしれないですね」

『そういうことってあるんですか』

「ありますよ。企画書について、取材したときにはなんと？」

『なかなかいいですねって。実用書を扱ってる部署があるから、そこに紹介できるって言ってました。サイトも読むって。おっかしいなあ』

「取材は姫野さんのほかに、もうひとりライターさんがいたわけですね。その方の名刺はいただいていますか？」

『はい。ライターさんにも企画書渡しました。あの企画書、自分で言うのもなんだけど、すっごくよくできてたと思うんですよ』

「わたしもそう思います。やはりきっと何か、事情があるのでしょうね」

『事情ってなんですか』

エイジは不思議そうに尋ねた。

落ち込んでいるが傷ついてはいないようでことりはほっとする。チャレンジして失敗すること、数日沈むのはこれまでにもあったことだ。失敗を積み重ね、励まされて立ち直り、ファンを増やしていくまでがエイジのルーティンである。

「プレゼンというのは、こちらが提供するものと相手が希望するものがマッチして成立するものです。担当レベルではＯＫが出ても、他部署からＮＧが出たということも考えられます」

ことりは息を吸い込み、スーパーヒーローに向き直った。

「今回の場合、企画書の出来や内容の善し悪《よあ》しでなく、求めているものが違ったのだと思います。あの企画書はよくできていました。勢いと熱量がありました。それはひとえにエイジさんの」

ことりは言葉を止めた。

目の前にあるスーパーヒーローはぽつんと立っている。デスクライトの光を浴びて、ノートの上に影が長く伸びている。

言うべきことは頭にあった。エイジのことだからすぐにいやなことを忘れ、新しいことに夢中になるのもわかっている。

今回のことで、エイジさんは企画書の書き方を覚えました。成長したということです。せっかく企画書があるのだから、ほかの出版社にあたってみたらどうでしょう。取材の様子はこれまでと同じように、エイジさんの経験談としてサイトに書くといいと思います。サイトの読者に対して、この企画をどう思うか尋ねて、アイデアを募って――。

『ことりさん？』

エイジが不思議そうに尋ねた。

エイジはもう前向きになりつつある。企画書を作れと提案したのはことりで、そのせいで失敗したかもしれないのに責めることもない。ことりに励ましてもらうことを楽しんでいる。

「――すみません」

ことりは謝った。

『なんでことりさんが謝るんですか？』

「先方の編集者の方。彼は、わたしの知り合いなんです」

ことりはスーパーヒーローの顔をみつめ、ゆっくりと言った。

『え？』

「姫野巧人さんは、わたしの学生時代の友人です。エイジさんを紹介したのもわたしです。あらかじめ言っておくべきことでした。今回の掲載を断られたのは、彼からわたしへの個人的な感情が関係していると思います」

『あ——そうだったんですか！』

エイジの声がぱっと明るくなった。

『どうりで！　取材のとき、この企画書書いたの、あなたですかって聞かれたんですよ。なんか疑っているみたいだった。断りメールもちょっと意味わかんなかったし。そもそも、なんで急に取材なんか来たんだろうって思ってたんですよ！』

エイジは笑った。

ことりはあっけにとられる。ポジティブなのはわかっていたが、この時点でなぜ笑えるのか。

『てことは、今回はぼくの問題じゃなかったってことですね！』

「そうです。本当にすみません」

『いやいいですよ、ぼくがサイトを宣伝してくださいって言ってたんだし。――でも、ことりさんへの個人的な感情ってなんですか。ひょっとして姫野さん、ことりさんの彼氏なんですか？　あ、それとも元彼とか？』

「違います」

『じゃあ、何か恨みでも――ってことはないですよね。だったらぼくのことを頼むわけないし。姫野さんがことりさんに片思い？』

エイジの声は好奇心で高くなっている。興味を持つと途端にこうなるのだ。

エイジの中で何かが回転しはじめている。こうなると巻き込まれないように気をつけなくてはならない。Ｚｏｏｍでなくてよかったと思った。

「そんな感じです。わたしが煮え切らなかったので、意趣返しだと思います。エイジさんの企画とは関係のないことです。もっとさっぱりしている人だと思ったんですけど、結果としてエイジさんに申し訳ない結果になってしまいました」

『煮え切らなかったってことは――』

「結婚を申し込まれていたんです」

『えええ！　付き合ってもないのに？　そうですよね、ことりさん、美人ですもんね』

「正確には結婚を前提とした交際です。せっかちな男性なので……。すぐにきっぱりと断ればよかったのですが、わたしはそうしませんでした。彼の好意を利用して、仕事につなげようとしたんです。間違っていました。なぜなのか自分でもわかりません」

『それは、嬉しかったからじゃないですか？　別に好きじゃない人でも、好きだって言われたら嬉しいものじゃないですか』

「わたしは好きでない人に好かれても嬉しくありません」

『えぇー、ぼくだったら嬉しいけどな。だったらことりさん、実は姫野さんのことが好きだったんじゃないですか。イケメンですもんね！　ぼくほどじゃないけど！　ここ、掘り下げてみましょうよ！』

ここを掘り下げてみましょう。ことりがエイジによくいう言葉である。

わたしは巧人を好きだったのか。ことりは考える。

隣の部屋に住む男の親友だった。体育会系らしくぶっきらぼうだが、実は気が小さくて優しい男。高梨が自分の内面をつきつめたい男なら、外側へ向かって発信していきたい男だった。

好きだった。就職の手伝いをしてやる程度には。高梨は自分と似ていたが、巧人は自分にないものを持っていた。巧人には言葉が素直に響いた。それが嬉しかった。

ことりはわがままな人間が嫌いではない。コーチを始めてから気づいた。たとえふりまわされても、自分の感情と欲求をはっきりとわかっている人間の相手はやりやすい。欲求がありながらそれが何なのかわからない人間よりもいい。

巧人は自分が何を欲しいかがわかっていて、他人に欲しいと言える男だった。唐突なプロポーズもその一環である。

エイジと似ている、と言えなくもない。

「——わたしの話はいいんです。話を戻しましょう。エイジさんのこれからのことを」

『戻さなくていいですよ！　ことりさん、いつも、興味あることはなんでも口に出していいって言ってたじゃないですか。脱線したっていいって。アイデアは話すことによって生まれるんです。それをサイトに書けば読者が増えるんですよ。あ、そうだサイト、人数が増えたんですよ。九十人突破です。ＹｏｕＴｕｂｅで宣伝したのがよかったんです。思いついたことはやってみるものですね』

「よかったですね。ではまず、これからの目標を整理して」

『ぼくの今の目標は、ことりさんが幸せになることです！　今決めました！　いつも言っていますけど、ぼくは世界のみんなが幸せになることを目指してますからね。これまでことりさんにやってもらうことばっかり考えてたから、今度はことりさんにやってあげることを考えたいんです。ことりさん、姫野さんにプロポーズされて、嫌じゃなかったんですよね』

ことりは諦めて息を吸い込んだ。

「嫌ではなかった。検討はしました」

『やっぱり好きだったから？』

ここはその問いではないとことりは思う。決めつけはいけない。言われたときにどう感じたのか、検討した理由はなんだったのでしょうと聞くべきところだ。

「結婚というものに興味があったからです。仕事でよく話題にあがりますが、未経験なのでクライアントの気持ちがわからないことがあります。いえ——正確には、恋愛というものに」

ことりは巧人の外見を思い出そうとする。婚活だったらまああと言われるかもしれない。顔はともかく体が引き締まっている。本人もそれをわかっていて、冬でもむやみに腕を出そうとする。

「姫野巧人さんは、わたしに着飾れ、化粧をしろと言いませんでした。一般的な女性らしさを求めなかった。それが心地よかったのだと思います」

ことりは言った。

巧人は男性的だが、威張ることはなかった。一緒に仕事をしたこともあるが、セクハラめいたことは一回もない。ことりを可愛い女の子扱いすることもなかった。

「わたしがしたくないと思うことをしなくていいという人間であるならば、結婚したとしてもこれまで通り自由でいられるだろうと思いました。しかしそれは間違いでした。彼はわたしに自分の勝手なイメージを押しつけ、わたしもまた彼に同じことをしていました」

『ことりさん、メイク嫌いなんですか。似合うのになあ』

「姫野巧人さんは学生時代の友人――正確には、友人の友人だったのです。わたしはその友人が好きでした」

エイジが息をのむ気配がする。珍しく口を挟まない。

ことりはデスクの上にあるペットボトルをとった。ストローでミネラルウォーターを一口飲む。

「姫野さんは就職で失敗し、その後、編集プロダクションでフリーのライターをしていました。彼とは同業者として再会し、ある記事を書くのにアルバイトとして雇われ、その後、継続的に彼の仕事を手伝うことになりました。彼が転職活動をしていたので、わたしは彼を励ましました。就職情報を調べ、アイデアをまとめて企画書を書きました。彼はそういう調べ物や、ものを書く作業が苦手だったので」

『出版社にいるのに、書くのが苦手な人っているんですか』

「います。彼はアイデアは豊富ですが、文章が下手でした。今もそうです。わたしは逆ですね。彼はわたしに原稿料を出し、わたしは企画書と経歴書を書き、あれこれとアドバイスをして、彼は無事、高林出版に就職しました。——高林出版の中途求人情報はわたしが紹介されて、受けようとしていた会社でもあったのですが」

『ことりさんに来た求人を、姫野さんがとったってことですか？』

「いいえ。とってはいません。わたしは彼の入社のために尽力しましたし、彼の入社が決まったときには達成感がありました。わたし自身の欲求がどうでもよくなるほどに。その後、わたしはライターという仕事に迷って無職になりましたが、後悔はありません。そこはわたしのゴールではなかったからです」

ことりは言った。

ことりは巧人を恨んだことは一回もない。巧人の記事の草稿と、経歴書と企画書を書いたのは仕事で、報酬ももらった。それで終わりだ。

巧人はアイデアが豊富で取材がうまい。興味を持ったことを調べたい、他者へ向けて発信したいという欲がある。このエネルギーを仕事にして活かすべきだと思った。

ことりは文章だけはうまかったが、情熱も欲もなかった。他者に興味がないのだ。出版業界には向いていなかった。

「わたしはその会社に対して、彼ほどの強い気持ちを持っていませんでした。それからわたしはこの事務所の求人募集を見つけ、勤めることになりました」

『そうだったんですか。ことりさん、もとから、人を励ますのが得意だったんですね』

エイジはしみじみとつぶやいた。

「意識したことはなかったんですが、そうだったようです。結婚を申し込まれたのはエイジさんへの取材の直前で、その後にお断りしました」

『姫野さんが就職したあたりで、付き合おうとか言われなかったんですか』

「なかったですね。彼もわたしも慣れない仕事で手一杯でしたし、彼はわたしとは離れたかったでしょう。弱みを握られたようなものですから。だから連絡があったときは驚いたのですが、交際を申し込まれたときは驚きませんでした。姫野さんなら長くひとりの女性を思い続けることもあると思いました。彼が恩を感じているのならちょうどいい、そのことによってエイジさんの企画を本にしてもらおうと思ったんです。これはわたしの公私混同、間違いでした」

『うーん……。姫野さん。ことりさんに力になってもらっているうちに好きになっちゃって、ずっと忘れられなかったんだろうけど。世話になっておいて、ふられたからし返しって。男としてどうなんですかね』

大きい主語はできるだけ避けろ。ことりはエイジに注意したくなる。男として。女として。日本人として、人として、社会人として。そういう言葉は使ってはいけない。わたしはこう思う。あなたはどう思うのですかと問え。

「だから、わたしが間違えたんです」

ことりはスーパーヒーローに向かって、力をこめて言った。

「彼の気持ちがわからなかった。わたしの不備です。彼の気持ちや愛情も、彼の本当の性格や欲求も、見誤りました。エイジさんには申し訳ないことをしました。今後、わたしはエイジさんの企画を本にすることだけを考えようと思います」

『ぼくはいいですよ。ことりさんは何をしたいんですか』

「――わかりません」

ことりは言った。

エイジがかすかに息を飲む。

「わたしは、わたし自身のゴールがわかりません。一生コーチをやりたいのか、結婚したいのか、姫野さんのことが実は好きなのか、今が幸せなのかどうかもわかりません。でも、エイジさんの気持ちはわかります。エイジさんのためになら頑張れます。だから、一緒に頑張りましょう」

『ことりさん……』

エイジは言葉をつまらせた。

『いろいろ言ってくれてありがとう。ぼくはこれまでことりさんに甘えていました。ぼくも、ことりさんと気持ちは一緒です。これからも頑張りましょう』

エイジは感極まっている。感動しているようである。もう時間はとっくに過ぎている。ことりは深くうなずいて、デスクの上のスーパーヒーローを握りしめた。


翌日、ことりが事務所へ行くと、デスクでパソコンに向かっていた仁政が顔をあげずに言った。

「ことりちゃん、警察から電話あったから連絡してくれる」

「昨日の夜、四谷《よつや》で殴り合いがあったんだって。加害者がうちのクライアントで、身柄の引受人にうちの事務所を指名された。朝になって釈放、今は病院にいる。ことりちゃん、ずっとスマホを切ってただろ。無視したいならそれでもいいけど」

「警察？」

仁政は淡々と言った。

事務所には米の炊ける香りが漂っていた。キッチンからじゅうじゅうという音が聞こえてくる。エプロンをつけた楠木所長が何かを作っている。

「――エイジさんですか」

「そう」

「相手は？」

わかっていることをことりは尋ねた。

「姫野って出版社の男。心当たりあるだろ」

「あります。病院にいるのはエイジさん？　加害者だって言いましたよね」

「最初の一発を打ったのがエイジさん。返り討ちにあってふたりとも留置場、今朝になって釈放。姫野のほうは軽傷じゃないかな。どっちも加害者、ただの酔っ払いの喧《けん》嘩《か》。相手だって表沙汰《おもてざた》にはしたくないだろ。エイジさんは身内はいないの？」

仁政は淡々と尋ねた。

「北陸に両親と祖父母がいますけど、この数年は会っていないはずです。恋人は今はいません。たぶん、友人はたくさんいるでしょうけど」

「じゃあなんでうちが身元引受人？」

「わたしが原因だからです。どこの病院ですか」

ことりは尋ねた。

エイジはあの面談のあとで巧人に会いに行ったのだ。ことりが話したことが関係していないはずがない。

ことりは昨夜、スマホの電源を切っていた。勢いで内面を吐露してしまった自分を恥じ、エイジともほかのクライアントとも離れたかった。たまにこういうときがある。

「面倒くさいクライアントだねえ」

楠木所長がキッチンから出てきた。三人分の盆をテーブルに並べながら言う。

盆の上にあるのは海苔と卵焼きと納豆と味噌汁《みそしる》。旅館の朝食風だ。所長は空の茶碗《ちゃわん》に炊きたてのごはんを盛り付けている。そういえば昨日、どこかのデパートで、どこかの陶芸家が焼いた茶碗を四つ買ってきていた。

「面倒くさくないクライアントなんていませんよ、所長」

仁政は仕事道具の一式をデスクに置き、テーブルの前に座った。

すでにソファーとテーブルの間に座布団が敷いてある。事務所にはダイニングテーブルがないので、和食のときはなぜかソファーの前の座布団に座り、テーブルを卓袱《ちゃぶ》台《だい》にして囲むことになっている。

「病院へ行くのはいいけど、朝の仕事は終えてからにしなさいよ、ことりちゃん。メールもLINEもたまってるでしょ。みんな、ことりちゃんの言葉が頼みなんだから」

「もちろんです」

ことりはスマホとタブレットとノートパソコンを取り出し、電源を入れた。未読のメールとLINEの知らせが続けざまに光りはじめる。

「——すみません。ていうかはじめまして、ことりさん!」

ことりが総合病院のロビーに行くと、エイジはエントランスにいちばん近い場所に座っていて、ことりの姿を見るなり立ち上がった。

エイジとは動画で話していたが、実物と会うのは初めてである。

想像していたよりもひとまわり大きい男だった。首も肩もがっしりとしていて厚みがある。本人の申告通り、現役のスポーツマンの体つきをしている。左の頰には絆創《ばんそう》膏《こう》が貼られ、目もとが赤くなって腫れている。赤いシャツの胸もとはどす黒いもので汚れていた。

顔を殴ったのか。巧人は思っていたよりも粗暴だったか。格闘技をやっているからには、むしろ絶対に素人を殴ることはないと思っていた。

エイジは巧人よりも十センチは背が高い。この体格なら、むしろ殴っていいと巧人は喜んだかもしれない。

「俺、昨日、どうしても納得できなくて、出版社まで行ったんですよ。いなかったら諦めようと思ったんだけどいたから。無理矢理、姫野さんを誘って、飲みに行ったんです」

缶コーヒーを持ってロビーの椅子に座りながら、エイジは言った。ことりは隣に座った。

総合病院は午後の診察が始まっている。年配の夫婦が受付をし、母親と子どもが絵本を開いている。エイジが子どもを見つめる姿は少し寂しそうでもあった。

「無理矢理ですか」

「インタビューがボツになった理由を聞きたかったんです。ことりさんのことで話があるって言ったらすぐに来ましたよ。いろいろ話してて、一発殴らせろって言ったら、殴ってみろよって言われたんで、つい足が出ちゃいました」

「足ですか?」

「足です。ほら俺、サッカーやってたから。今はフットサルだけど。蹴る方が得意なんですよ。利き足で思い切り蹴ったら、うまいところに入りました。俺、こういうときって外さないんですよね。普段打てなくても、ここってときに決めるタイプ」

「なるほど」

ことりはうなずいた。

巧人はアマチュアのボクサーである。今も趣味でジムに通っているはずだ。挑発して華麗に避けるつもりが、蹴られるとは思ってなかっただろう。それで火がついたか。

「入ったのはその一発だけでした。完敗でした。拳が見えないんだもん。びっくりしました。殴られると、本当に目の前にピカピカと星が散るもんなんですね」

「姫野さんがボクシングをやっていると教えておけばよかったです」

「いや、ぼくだってちょっと文句言うだけのつもりだったんですよ。でも姫野さんがことりさんのことをあれこれ言うんで、撤回しろ、しないになって。まさかなあ、こんなにやられるとは思わなかった。留置場で本人にも話したんだけど、マジでかっこよかったです」

なぜここで巧人を褒める。殴り合ったあとでわかり合うというやつか。理解できない。

「まあすごい人です。負けました。姫野さん、ことりさんにはもう手を出さないって。本当は昔から好きで、仕事が軌道に乗ったからやっと言えたんだって。繊細なんですねえ。元気出してってついつい励ましちゃいましたよ」

「励まさないでください。そのほかには何か？」

「ぼくもことりさんのことが好きなのかって聞かれたんで、大事なコーチだって言いました」

「ありがとうございます」

「実際、そうですからね」

エイジは絆創膏のついたままの顔で笑った。とたんに子どもっぽくなる。三十六歳にしては幼いが、エイジのファンはこの笑顔が好きなのだろう。

「エイジさん、これからどうする予定ですか？」

「さっき、暇だったんでこのことをサイトに書いたんです。そしたら近くに住んでいる人がいて、ごはんを食べさせてくれるって。その人が迎えに来てくれるのを待っています。たぶん、男だろうけど」

エイジは楽しそうに言った。ことりの質問の意味を勘違いしたようだが、エイジにとっては同じだろう。絵本を見ていた子どもがエイジを見つめ、エイジの笑顔につられたように笑い返す。

「そうですか。よかったですね」

「ぼくはこんなことじゃ終わりません。姫野さんは思っていたよりいい人だったし、ことりさんもいますしね。これからもぼくを見ていてください」

「はい」

ことりはうなずき、エイジに笑い返した。

仁政は病院の門のそばのベンチで足を組み、スマホに向かっていた。

すぐ隣が駐車場で、いちばん近いスペースに黒のフォルツァが停めてある。仁政はことりを待ちがてら仕事をしていたらしい。

「どうですか、ふたりの男が自分を取り合う気分は」

仁政がこういう冗談を言う男だとは思わなかった。

「面倒です。まさか殴り合うとは思いませんでした」

「殴り合わないまでも、いざこざは狙ってただろ」

「――そうですね」

ことりはしぶしぶ認めた。

ことりは巧人のスケジュールが今、空いていることを知っていた。ことりに対して怒っていて、エイジに飲みに誘われたら断らないだろうと踏んだ。そしてエイジなら、自分の中のモヤモヤを放っておかないだろうと思った。自分のためでなく、ことりのためならなおさらだ。

「エイジさんなら押しかけるかもしれないと思っていたし、巧人なら受けるかもしれないと思っていました。ふたりとも直情で口が立つから、いっそ口論でもすればすっきりするだろうと。それだけですよ」

「姫野がボクシングやってるってことは知っていただろ」

「だから逆に大丈夫だと思ったんですよ。巧人は素人に手を出さないし、仮にエイジさんが逆上したとしても避けられるから。でもエイジさん、意外と鍛えてて、強かったんですよね……」

「ことりちゃん、姫野巧人に腹が立っていたわけ？」

ことりは仁政を見た。

「なぜわたしが巧人に腹を立てると思うんですか？」

「男女の友情だと思っていたものが違ったから。恋愛感情なんていう面倒なものに、自分を巻き込んだから」

「そうですね。エイジさんに踏み込まれて困ればいいと思いました。巧人はわたしが追及してほしくない部分に触れてきます。ずっと対等だったのに、就職がうまくいったからって急に自信をつけて、偉そうになったのも許せなかった。一回寝たくらいで」

ことりは仁政の隣にどさりと座った。

急に投げやりな気分になる。仁政が妙なことを尋ねるからだ。

仁政は空に向かって目を細めた。いろいろと考えている。

「──馬鹿だね」

仁政は言った。とがめる口調ではなかった。

「──そう思います」

「自分を大事にしなさいよ、とか言うのは簡単だけどさ。人の欲求てのは理屈じゃないからな」

仁政はつぶやくように言った。

「コーチも例外じゃなくてさ。他人の未来のことばかり考えてると、ぐらぐらしてくる。クライアントと自分の境目がなくなって、自分も何かやらなきゃって気分になる。だからコーチのコーチ、スーパーバイザーとして所長がいるわけ」

「時村さんもそういうことがあるんですか」

「あるよ。昔よりはコントロールできるようになったけど、ひとりじゃどうにもならないときがある。それが事務所にいる理由」

「……なるほど」

「ことりちゃんは俺とは違うと思うけど。落ち込むときにはスマホ切って、とことん眠りなさい」

なんのスキルもテクニックも使われていないが、励まされるというのはなかなか気持ちがいいなと思った。しかも相手は仁政。無料なので得をした気分である。

「エイジさんの契約、俺が格安で引き受けてやるから引き継ぎして。所長はやめさせたいだろうけど、ことりちゃんは投げ出したくないだろ」

仁政はヘルメットを取り出しながら言った。

「時村さんがやってくれるならありがたいです」

「面白そうだからね。俺はエイジさんが好きだよ。姫野巧人も。欲がある人間はいい。かっこよくてつまらん人間より、かっこ悪くても面白い人間がいい」

「時村さんはかっこいいですよ。クールだし、美声だし。惚れそうですよ」

「そう思う。だから俺はときどき自分がつまらないんだな。考えないようにしてるけど」

自慢なのか自嘲なのかわからない声で仁政は言った。

考えないようにしている。見ないふりをしている。というのは何かの兆候ですよ。言うべきか迷ったがやめた。仁政はヘルメットと手袋をつけ、フォルツァにまたがってエンジンをかけている。

『――夫はこういう時期に限って出張なんですよ。仕方ないから子どもふたり抱えて病院行ったらひとりがトイレに行きたいと言い出して、そっちを見ていたらもうひとりが走り出して、追いかけることもできなくて』

スマホの向こうでキキが話している。

ことりは少し古びた黒猫のぬいぐるみを見つめ、インカムに手をあてて聞いている。

キキとはZoomの契約もしているのだが、かかってくるのはだいたい切羽詰まっているときなので、電話のほうが多い。

「まわりに人はいなかったんですか？」

『いたって誰も助けてなんてくれないですよ！　大声出したって、わたしがダメな母親だって目で見られるだけです！』

「なるほど。お子さんは戻って来られたんですね」

『看護師さんがつかまえてくれました。今回は病院だからよかったけど、外だと怖いんですよ。駐車場では気が気じゃなくて』

「そうなんですか。旦那さまは何と仰っていますか？」

『夫はいつも同じですよ。結婚記念日にバッグ買ってくれたけど、そんなの使えるわけありません。双子がいたらめちゃくちゃ荷物多いし、両手が空かないと生活できないんだって！　どうしてあの人はそれがわからないんだろう』

「キキさんはちゃんと子育てをされていますよ。幼稚園でいいお友達ができたんですよね。お子さんは今、何をしていらっしゃるんですか？」

『さっき寝ました。やっと。だから急いであちこちを片付けて、掃除機をかけて、夕食の支度をする前に、立花さんに電話を』

キキが鼻をすすり、しゃくりあげた。ことりは時計を眺め、二分数えて待つ。泣き出したらだいたいそれくらいで落ち着く。

「キキさんは頑張っています。キキさんならできますよ。お子さん、可愛いでしょう？」

頃合いを見計らって、ことりは言った。

『ええ、とても可愛いです。お絵かきが得意なんです。二人とも。なんでわたし、さっき怒鳴っちゃったんだろう』

「きっとお子さんもわかっていますよ。ママが大好きなんですよね」

ことりは懸命にキキを励ます。

キキはやがて、頑張りますと言って電話を切った。

「――お疲れ」

息をついていると、目の前にマグカップが置かれた。

ことりははっとして顔をあげる。

コーヒーを置いたのは考えるまでもなく仁政である。仁政もちょうど仕事の区切りがついたところらしい。

「キキさん、双子が幼稚園に行ったら契約終了って言ってなかった？」

仁政は自分の分のコーヒーに口をつけながら言った。

「それが、おめでたなんですよ。三人目のお子さんができたことがわかったんですって」

ことりは言った。

「そりゃめでたい。キキさんは喜んでるんじゃないの」

「喜んでいますよ。ずっと女の子を欲しがっていたから。妊娠中だから不安定なんです。先日、契約の継続をお願いされました」

「旦那さんはそれでいいの？」

「最近はたまに、旦那さんも出張先からＺｏｏｍに参加しています。わたしがいるとキキさんが本音を言うんだそうで、これからも妻をよろしくと言われました。次はお子さんが私立小学校に入学するまでかな。受験があるから一悶着《ひともんちゃく》ありそうですけど」

「あと三年か……。キキさんさ、フリー契約にしたら？　やりやすいクライアントだし、そこまで信頼されているなら所長も文句言わないよ」

「そうなったら時村さんに相談できなくなるので」

「俺に子育てのアドバイスを期待するなよ。それで離婚してるんだから」

「今すごいことをさらっと聞いたような気がしますけど、放っておくことにします」

ことりは黒猫のぬいぐるみを引き出しに入れた。

今日は五分のオーバーで済んだ。キキは以前よりも落ち着いている。ことりに存分に愚痴を言うことで、普段は完璧な母親でいられるようである。

キキは夫と話し合い、きちんとした暮らしという目標のハードルを下げた。料理はさぼってもOK、散らかるのは仕方がない、便利な家電やシステムを積極的に使う、夫に文句を言われたら言い返す。最近はセッションをしても雑談で終わることもある。

「あ、そういえばエイジさん、本を出すことが決定したよ」

セッションの結果をファイルに書き込んでいたら、仁政が言った。

「そうですか。よかった。出版社は？」

「高林新社。姫野さんが紹介したらしい。成功のメソッド自体は怪しいもんだけど」

「男同士、殴り合って親友になったってやつですかね」

「そういうのは俺にはわからない。さすがに殴ったほうの寝覚めが悪かったんじゃないか。結果的にことりちゃんのやり方が当たったってことになる。エイジさん、ことりちゃんと話したがってるけどどうする？」

「お断りしてください」

「過去の男には興味ないか。かっこいいねえ」

褒め言葉でないことはわかっているが、反論しようとは思わない。

「わたしは現状維持の女ですから」

ことりの心中は泡立っている。自分が目指すものは何なのかと考えている。自分の感情を見ないでおこうと思うのは何かの兆候なのだが、仁政に本音を言うくらいなら嘘をついたほうがましだ。

スマホが新しい着信を知らせてきていた。ことりはキキのファイルを閉じ、次のクライアントのための仕事にとりかかった。

「No．1　いいね探しのポリアンナちゃん」は「小説現代」2021年2月号に掲載されました。その他は講談社文庫のために書き下ろしました。

この物語はフィクションです。登場する個人・団体等はフィクションであり、現実とは一切関係がありません。

|著者| 青木祐子　『ぼくのズーマー』が集英社主催2002年度ノベル大賞を受賞し、作家デビュー。「これは経費で落ちません！　経理部の森若さん」シリーズがドラマ化（主演：多部未華子）&コミック化され人気を博す。『派遣社員あすみの家計簿』も絶好調！

コーチ！　はげまし屋《や》・立花《たちばな》ことりのクライアントファイル

青木祐子《あおきゆうこ》

講談社文庫

定価はカバーに
表示してあります

2021年3月12日第1刷発行

発行者──渡瀬昌彦
発行所──株式会社　講談社
東京都文京区音羽2-12-21　〒112-8001
電話　出版（03）5395-3510
　　　販売（03）5395-5817
　　　業務（03）5395-3615

デザイン─菊地信義
本文データ制作─講談社デジタル製作
印刷───株式会社廣済堂
製本───株式会社国宝社

Printed in Japan

ISBN978-4-06-523026-8

講談社文庫刊行の辞

二十一世紀の到来を目睫に望みながら、われわれはいま、人類史上かつて例を見ない巨大な転換期をむかえようとしている。

世界も、日本も、激動の予兆に対する期待とおののきを内に蔵して、未知の時代に歩み入ろうとしている。このときにあたり、創業の人野間清治の「ナショナル・エデュケイター」への志を現代に甦らせようと意図して、われわれはここに古今の文芸作品はいうまでもなく、ひろく人文・社会・自然の諸科学から東西の名著を網羅する、新しい綜合文庫の発刊を決意した。

激動の転換期はまた断絶の時代である。われわれは戦後二十五年間の出版文化のありかたへの深い反省をこめて、この断絶の時代にあえて人間的な持続を求めようとする。いたずらに浮薄な商業主義のあだ花を追い求めることなく、長期にわたって良書に生命をあたえようとつとめるところにしか、今後の出版文化の真の繁栄はあり得ないと信じるからである。

同時にわれわれはこの綜合文庫の刊行を通じて、人文・社会・自然の諸科学が、結局人間の学にほかならないことを立証しようと願っている。かつて知識とは、「汝自身を知る」ことにつきていた。現代社会の瑣末な情報の氾濫のなかから、力強い知識の源泉を掘り起し、技術文明のただなかに、生きた人間の姿を復活させること。それこそわれわれの切なる希求である。

われわれは権威に盲従せず、俗流に媚びることなく、渾然一体となって日本の「草の根」をかたちづくる若く新しい世代の人々に、心をこめてこの新しい綜合文庫をおくり届けたい。それは知識の泉であるとともに感受性のふるさとであり、もっとも有機的に組織され、社会に開かれた万人のための大学をめざしている。大方の支援と協力を衷心より切望してやまない。

一九七一年七月

野間省一

講談社文庫 最新刊

青木祐子
コーチ！
〈はげまし屋・立花ことりのクライアントファイル〉
オンライン相談スタッフになった、惑う20代女性のことり。果たして仕事はうまくいく？

真保裕一
アンダルシア
〈外交官シリーズ〉
欧州の三つの国家間でうごめく謀略に「頼れる外交官」黒田康作が敢然と立ち向かう！

柳広司
風神雷神(上)(下)
天才絵師、俵屋宗達とは何者だったのか。美術界きっての謎に迫る、歴史エンタメの傑作！

田中芳樹
新・水滸後伝(上)(下)
過酷な運命に涙した梁山泊《りょうざんぱく》残党が再び悪政と対峙する。痛快無比の大活劇、歴史伝奇小説。

北森鴻
桜宵
〈香菜里屋シリーズ2〈新装版〉〉
マスター工藤《くどう》に託された、妻から夫への「最後のプレゼント」とは。短編ミステリーの傑作！

島田荘司
暗闇坂の人喰いの木
〈改訂完全版〉
刑場跡地の大楠の周りで相次ぐ奇怪な事件。名探偵・御手洗潔が世紀を超えた謎を解く！

創刊50周年新装版
奥田英朗
邪魔(上)(下)
〈新装版〉
ささいなきっかけから、平穏な日々が暗転する。人生のもろさを描いた、著者初期の傑作。